U0091421

繪圖・BLAZE

標準

Gaea

獵命師傳奇

FateHunter

獵命師傳奇系列【卷十七】

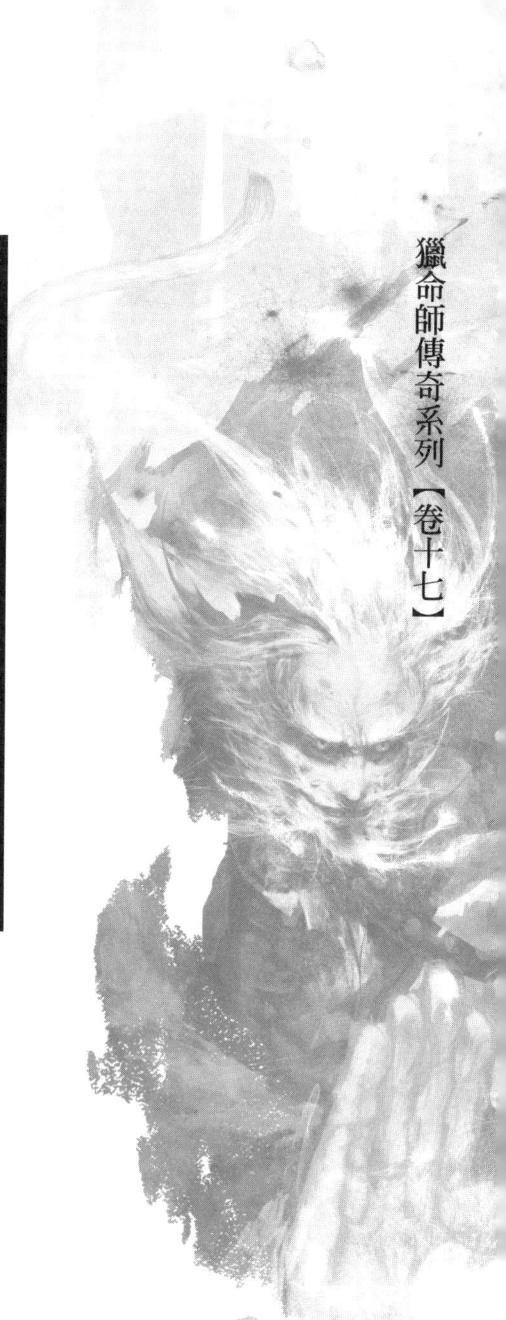

九把刀 Giddens 著

「不可詩意的刀老大」之

狂喜的鄰房老婆婆

首先要說兩件事。

第一件事，是大家一看到《獵命師十七》的封面就知道了的事：封面插畫家換人啦！由於前一代把關的插畫家練任身體微恙，從本集開始改由非常超級的Blaze接力操刀。

Blaze是我的愛，關於我有多愛Blaze請看《人生最厲害就是這個BUT！》一書，裡面有一篇充滿愛的專文啦哈哈，幾乎可以肯定以後的《獵命師》一路到大結局都會是Blaze用無限的熱力把守，而Blaze的繪畫功力無庸置疑地強，相信在我幾乎沒有設限的世界裡會發揮得更好。

感謝Blaze！

第二件事，是相隔了一年我才從《獵命師十六》爬到了《獵十七》，原因也沒什麼，只要大家常常看我的網誌就知道我很任性地脫隊，爽呼呼跑去導演了一部電影長片：「那些年，我們一起追的女孩」。

從籌備到殺青，歷時幾乎了一整年，想知道這中間種種曲折離奇，也請看《人生最厲害就是這個BUT！》一書，裡面洋洋灑灑寫了一大堆。

雖然電影會很好看，我也又累又快樂，一切都很值得，不過我想大家根本不在乎九把刀實現夢想是不是很屌，只會覺得九把刀很機八、沒品、自以為是、不務正業……等等，說到不務正業，雖然過去一年我沒寫《獵命師十七》，可也默默寫了幾本很好看的小說……

？

好！我知道啦！

沒寫《獵命師十七》就是機八透頂！

是！我了解！我機八！我爛人！我富姦！

現在《獵命師傳奇》重新啓動，上軌道後進度會變得很正常……吧，哈哈。

仔細想想，拖稿拖了一整年還眞是說不過去，我不但任性，而且非常任性，缺乏身為一個作家的自覺，喪失了身為一個創作者應有的職業自律，泯滅了身為一個人類的社會責任感，的確應該認眞道歉一下，嗯嗯，那就……

對不起！

現在我們扯平了（握手）！

照例要寫一篇很認眞的序，上次教大家做豆漿，有人反應很敷衍，讓我有點受傷，難道我不能教大家做豆漿嗎？這次來說一個眞實的拍片恐怖故事給大家聽，跟做豆漿也有一點關係，當作補償。

先說了，我很討厭那種僞造靈異經驗的作家跟假大師，所以以下是眞實經驗。

我慢慢鋪陳喔。

爲了讓我有最好的體力完全專注拍片、並祈禱電影充滿正面能量，從籌備期的端午節（六月十五日）開始我就發誓不能打手槍，直到殺青爲止（這種發誓禁槍以祈願的手段我很少用，畢竟手槍界有誰不認識我刀哥？！）。

由於我眞的很想拍一部超好看的電影，所以我眞的禁槍禁得很辛苦，沒有偷偷打，也沒有找人約砲，而且更驚人的是，我只是禁槍，並沒有禁止看A片，於是我每天固定看半小時A片的習慣還是沒有間斷，讓我的禁槍之路倍增艱辛。

一天過一天，一天過一天，電影終於在八月二日開鏡了。

電影有一大半都在我的家鄉彰化拍攝，每天拍攝結束我當然可以回我家住，舒服，又有大床，又確定沒鬼，但爲了表示導演我也是一個團結的人（這完全跟導演期待女演員晚上敲門請導演私下教戲或加戲，一點也沒有關係，因爲導演是一個正直的男子漢），我決定跟劇組一起擠旅舍。

拍戲嘛，爲了節省經費，劇組當然是選了很便宜的老舊旅舍住，而這間我不方便透露名稱的旅舍很恐怖，每天都放一模一樣的三支A片！

每天喔！

我們連續住了一個月，每天都是那三支A片馬拉松地放！超恐怖！

不過更恐怖的還在後面。

有天晚上收工後回家吃飯（睡覺才會回旅舍），吃完飯我照常在家附近遛狗，忽然我家的狗（柯魯咪小姐）朝著巷子底的黑暗處縮起了尾巴，不曉得在看什麼，而附近不曉得哪冒出的七、八隻野狗，開始對著那黑暗處猛吠，我突然頭皮發麻……

爲什麼這些狗狗，有志一同對著空無一物的巷底暗處亂叫呢？

一瞬間，我想起了……

再過兩個小時就是農曆七月初一，鬼門要開！

會不會，此時巷底暗處就是一條小小的、提前打開了的門縫呢？

我趕緊牽柯魯咪回家，然後搶在鬼門開之前騎車回到旅舍，早早洗澡上床睡覺。

故事說到這邊，我們要切個分鏡，聊一下劇組的超級攝影師，阿賢先生。

阿賢是一個長期吃素的人，這點造成了他個性有些扭曲，就是阿賢覺得自己既然吃素，不以口慾殺生，就是個十足好人，十足好人就一定諸事無敵、萬般大吉，於是行事有點鐵齒。

以下的敘述主要以阿賢跟我說的話爲主軸。

導演很大，可攝影師也很大，於是阿賢的房間就在我隔壁。

有一天晚上我們一起回房，他看到一旁的我打開房門前會先恭敬敲門三聲，進去時還會朗聲說：「對不起！打擾了！」頓時令阿賢反省了一下……他心想，連九把刀這麼強的人，也這麼多所顧忌，我是不是應該敲一下門呢？

於是從那一天開始，阿賢進房也開始可恥地敲門。

可農曆七月初一，鬼門開的那一晚，攝影師阿賢收工還特地跑去台北看拍攝帶的沖印效果，確認我們的拍攝品質，很辛苦。

由於隔天還要拍戲，阿賢無法在台北多休息，連夜搭車回彰化。

回到旅舍時，已經是半夜兩點了。

太累了，阿賢沒敲門就打開房門，鞋子一脫就躺在床上昏睡過去。

睡著睡著，忽然阿賢感覺到彈簧床墊凹陷下去，好像有人坐在旁邊，他想動，卻動不了，身上感覺一股沉重的壓力越來越大。

典型大家都經歷過的鬼壓床。

阿賢頓時想起自己太累忘了敲門，於是在心中默默地說：「對不起，今天實在太累了，我忘了敲門。那這樣好吧？乾脆我出去，把這個空間還給你們？」

當他這麼一想，忽然阿賢就可以動，也醒來了。

但醒來之後又是另一個情緒。

阿賢覺得很煩，拍戲都這麼累了，回到旅舍還要講禮貌講得那麼周到，實在是不通情理，於是阿賢沒有另外找房間睡，而是打開門，重新站在門外，象徵性敲了敲，又回到床上繼續睡。

豈料這一閉上眼睛，立刻又不能動彈。這下阿賢眞的開始害怕了。

南無阿彌陀佛……阿賢在心中唸經抵抗，身上的壓力卻忽然變得更沉重，彷彿是在嘲笑他徒勞無功唸經似地。

這時在阿賢的意識中，「清楚看見」床上有一個畫著濃妝的老婆婆。

濃妝艷抹的老婆婆穿著日式和服，坐在床上，慢慢地拿起阿賢的手指……

臉色狂喜地用力一咬！

阿賢又驚又痛，瞬間就痛到醒過來。

醒來時手指還是非常疼痛，看了看時間，半夜三點。

阿賢這次不敢再睡了，東西也不收，就走出旅舍找一間網咖趴在桌上胡亂睡覺，隔天早上五點半才恍恍惚惚回旅舍樓下集合、搭車出發拍片。

後來阿賢換了房間。

當天我夢遺了。

真正恐怖的是……

恐怖？

我夢遺了我夢

我夢遺了我夢

半夜四點。

我迷迷糊糊地站在浴室鏡子前，拿著衛生紙狂擦我的內褲，看了看錶。

我想，那一個狂喜的老婆婆，咬不到阿賢的手指，於是飄過來隔壁房間……

這真的是很扯。

我禁槍那麼久，偏偏在那一個晚上自動發射出來，令人費解。

更扯的是，隔了一天我又夢遺！！！

這種狂射的頻率不管在生物學或手槍學上都不成立，真正是無敵的邪門。

拍片很有趣，很累，但是也很有成就感。

總之電影我攻下啦！

預計在二〇一一年的七月會上映，希望明年夏天大家一起進電影院吹冷氣，感受一下這一部熱血又熱淚的青春喜劇「那些年，我們一起追的女孩」。超好看！

至於現在——《獵命師傳奇》NO. 17，戰鬥啦！

獵命師傳奇系列【卷十七】

目錄

〈滅絕詛咒的傳說之始〉之章

第500話

醒了。

空氣中殘留著淡淡的灰煙。

閃紅的餘燄如螢火飛飄。

這位於深深地底的洞窟歷經過猛烈的大火侵吞，火的氣味久久不散。

數百個人形焦炭橫七豎八倒在地上，死狀可怖，曾經握在手上的兵器也給高熱給烤曲了。許多焦炭肢首分離，或許在被高熱攻擊前就已被斬殺，不得而知。

唯一可以確定的是，這裡不久前發生了一場恐怖的戰鬥……或屠戮。

扶在青石棺木上的那雙老手，也已燒成焦黑的兩條木炭。

像是完全被眼前的一切給震懾住，一個披頭散髮的清瘦男人呆坐在青石棺木裡，動也不動，臉色蒼白地看著穿透老人的那把銀色長槍。

長槍末端的九頭銀龍自老人的背脊貫入、從胸膛破出、最後牢牢地將被高熱火焰徹底炭化的老人釘在被火烤焦的地上。

清瘦男人不敢觸碰老人。

他恐懼這樣的畫面……只要指尖輕輕一碰，老人炭化的黑色身軀將瞬間崩塌，化成細粉，再也沒有復原的可能。

九龍長槍的主人坐在地上，同樣面目全非。

渾身是傷，骨裂肉翻，長槍主人所受的每一擊都足以令他倒地不起。

意識深處裡累積的無形傷口更是琳瑯滿目，那是恐怖的幻覺怪獸的傑作。

沒了頭，沒了左手。

長槍主人頸上空無一物，遍地不見。

幾乎可推斷爲頭顱整個遭爆碎，或許是老人死前最後的反擊所致。

如是，老人勉可安慰。

或許長槍主人是在失去頭顱的情況下，靠不可思議的意志力將長槍擲出，一舉貫殺了重傷又大意的老人？

如是，老人死不瞑目。

唯一的解答或許就在長槍主人的表情上，但已隨失落的頭顱而永不可得。

「……」清瘦男人呆呆看著長槍主人的斷臂。

長槍主人的左手被硬生生撕走，血淋淋咬在一頭人形野獸的口中。

同樣沒有左手的人形野獸倒在被火焰蒸發的空血池邊，身上插滿了無數斷折的武士刀。像是死前的負傷爬行，人形野獸在地上拖出一道長長的血痕，最後因氣力放盡，雙目瞪大死去。

就連到了最後，也不放棄吃掉同伴的殘肢嗎？

清瘦男人看著老人的雙眼……那烏漆抹黑的兩個黑洞。

徐福，一代魔王，終究在死前懷抱著極大的悔恨。

只差片刻，徐福就可以對躺在石棺中的清瘦男子施以「寄靈轉生」。如此，清瘦男子便可以代替徐福化為焦炭死去，而徐福的靈魂將得以進入清瘦男子青春的肉體，暴烈重生。

長槍擊碎了混世魔王的心臟，這世上唯有那個男人才辦得到。

烏禪。

並非獵命師史上最強的男人。

卻是，最勇敢的傳說。

清瘦男子同樣悔恨不已。

他明白徐福為什麼不在危急時刻喚起他一同戰鬥，因為自己生存的意義與眾不同，他不是為了為徐福戰鬥而存在，而是徐福在命危時刻的替代品。

徐福需要強壯的肉體以及超凡入聖的命格，才能匹配他的驕傲與野心。

此器者便是義經。
鎌倉戰神源義經。

第501話

這世上，還有命格無法精準掌控的「冥冥之中」。

當年徐福卜算出西方有股空前強大的霸氣誕生，其霸氣非僅成就一國，而是成就……或殲滅百國的超強命格，這命格尚未完全成形，便震動到遠在東邊的魔王，令徐福驚懼不已。

徐福心想，獵命師一族必不可能忽略那股霸氣，肯定會依循天命輔佐承載霸命的君王奪取天下……最後，那群姜子牙的門徒一定會誘使那命格的主人傾軍東來！

為了反制那股巨大的霸命，徐福尋尋覓覓，終於找到了擁有「破壞神」命格雛形的義經。

用意氣風發培養他。

用戰無不勝鼓舞他。

用毀滅的仇恨刺激他。

用扭曲的兄弟情誼迷惑他。

用痛苦的背叛操縱他。

最後，再用溫暖的慈愛擁抱他——終令義經感激涕零，願意捨身效命。

「我願爲你作戰。」

義經死而復生，在魔王的血吻中蛻變成血族，因過於感動而渾身發抖。

「孩子，那是當然。」

徐福撫摸著義經的頸子，貪婪地看著這漂亮的年輕人。

徐福覬覦著潛伏在義經身體裡的「破壞神」。

他明白，如果自己的軀體無法容納以恨維生的破壞神，便只有利用它吧。

或許有朝一日自己透過慢慢煉化適當的命格【註】，形成新的移靈法術，便可與義經「交換肉體」，屆時將能自然而然地讓破壞神與自己的元神融合。

破壞神的能量很強，但義經自己對武學的追求也沒有停止過。

無數個夜裡，對著漆黑的洶湧大海，徐福親自布下了恐怖的幻覺，讓各式各樣的怪獸魔物與義經纏鬥。

「孩子，若是招架不住儘管開口吧，不要太勉強自己。」

徐福溫柔地說，一邊在義經的腦袋埋下怪物的種子。

幻術種子迅速發芽結果。

怪物從大海爬出，是幾百隻人首蛇身的海妖。

海妖的利嘴淬了劇毒，深藍色的鱗甲在黯淡的月光下一閃一閃。

「……我的王，只要你一聲令下。」

義經滿眼感動的淚水，說什麼也會將眼前的蛇形怪獸砍倒。

海妖暴浪襲上。

義經拔刀。

他的刀法毫無虛招，沒有起承轉合，亦非綿綿不絕。

對絕對的強者來說，砍就砍，殺便殺，哪裡需要什麼招式？

「破壞神」的精神力量滲透進義經的刀勢，每一刀，都充滿了將大海劈開的狂暴氣勢，即便不是被直接砍到，光是那剛猛無儔的殺氣就足以將周遭的海妖給吹倒。

電掣風馳，礁岸上躺滿了海妖支離破碎的屍體。只用了十一刀。

「……」義經沒有鬆懈。

大地震動，黑色的大海塌陷一角。

義經凝視著不斷崩落的海水，海水中慢慢爬出一頭小山般的大怪獸。

身軀比海底最大的鯨魚還大，叫聲猶如萬馬悲嘶，鱗甲凹凹凸凸堅硬如巨大的黑色荊棘，看不清楚怪獸爬動的方式，也看不清楚牠的眼睛在哪……唯一確定的是，牠有一張布滿尖牙的巨嘴。

徐福沒有說。

這怪獸可不是幻覺……而是被他的召喚咒術誘惑到此的巨怪，魔鐘。

魔鐘什麼都吃，最喜歡吃的莫過於滿載著漁人的海船，偶爾也會屠食一些不知死活的妖怪。魔鐘也曾與八歧大蛇在海中鏖戰一個晝夜，雖然最後落敗逃走，卻也在八歧身上留下了可怖的傷口。

義經默默看著魔鐘，沒有後退，也沒有情緒。

光是這樣，就給予魔鐘極大的屈辱！

這世界上竟有人不怕我？

這區區的人類，這什麼眼神！

憤怒的魔鐘咆哮，口中黑色的腐爛臭氣化作颶風吹襲著義經。

徐福遠遠看著義經，他的孩子，他的替身，他的下一世。

根本沒拔刀，只是雙手低垂，義經的背後若隱若現著一個巨大的猙獰魔神。

天地無聲，殺氣消逝。

冥冥之中義經背後的魔神氣形驟然拔生，直穿天際，令月影彎曲。

那已經不是殺氣可以形容的「氣勢」。

唯一接近的字眼是「毀滅」。

無懼八歧的怪物魔鐘，至此顫慄不已。

「破壞神」居高睥睨，伸手便往魔鐘的頭頂一按。

魔鐘像一個做錯事的小孩童般被破壞神壓進海水裡，咕嚕咕嚕，海水冒出無數哆嗦的氣泡。魔鐘不敢浮出，也不敢逃走，只是乖乖蜷曲在海底污沙之中。

對方不夠資格稱爲「敵人」，而是一頭受驚過度的野獸。

義經卻慢慢拔出刀。

主人要殺的，就算毫無戰意又如何？

正當義經合刀出鞘準備斬殺時，某種奇妙的咒力隱隱牽纏著他的手。

「不必做到這樣吧。」

遠處，有一個身影踏浪而來。

穿著白色的素雅狩衣，單手緩緩結印，正是大陰陽師安倍晴明。

「此獸爲虐，有不得不的苦業，日後自有他收。」

晴明的身後，浮現出巨大如夜行海草般的亮光。

亮光冉冉而動，彷彿有九條尾巴。

晴明的妖狐咒氣無比強大，登時將破壞神的暴烈之氣掃了回去。

破壞神的命格力量與九尾妖狐的先天咒氣互不相讓，呈現出的對峙氣氛不是緊繃足以形容，激烈的暗鬥之力就連天際之上的黑雲都給吹散，沉進海底的魔鐘發出恐懼的哀鳴。

這情景，眞是令強者無法移開視線的驚人對峙。

「哼。」義經怒視晴明。

「今夜便不殺吧。」晴明不卑不亢。

徐福微笑，揮手示意義經可以停手了。

義經還刀入鞘。

晴明慢慢隱沒在黑暗之中。

註：此乃煉命術。必須透過破壞命格的既定形式、卻又不能毀掉命格的特質與所具備的能量，難度極高。古老的埃及有專司此道的煉命師，然而極稀少的獵命師也汲汲追尋此道。

螳臂擋災

命格：情緒格

存活：兩百五十年

徵兆：考試時同學偷看你的答案被老師逮到，卻變成你將考卷偷偷露給別人看。大家一起在樓梯底下看女同學裙底內褲，你只是路過，卻只有你一個人被教官抓到記過。總之別人出事，總是離奇地由你來扛，簡直閃無可閃，真不愧是大衰人一枚。

特質：命格樂於吃食宿主的嘆息作為養分，尤其當宿主認定自己就是倒楣之後，心態上完全不抵抗，性格與命運從此相輔相成，命格將會以更快數倍的速度成長！

進化：小災星。如果累積到一千年的超能量，將演變成足以取代「一國倒楣份量」的「超禍星」。

第502話

是夜，天空無雲。

白與黑在木盤上沉默交戰，交纏著混沌不清的局。

「晴明，你始終無法控制你的妖氣。」徐福持白子。

「我明白，你一直想要我的力量。」晴明嘆氣，落下黑子。

這一次黑白對奕，已花了一千零一十五夜，仍舊分不出勝負。

徐福笑了。

「我當然想要你的妖氣，但……有一個人比我更需要。」

「你是說，那脾氣執拗的孩子嗎？」

徐福莞爾。

晴明不語。

自從上次獵命師入侵平安京，爲了戰鬥晴明妖化成九尾狐，幾乎將平安城燒成一片白地後，晴明就很煩惱自己過於強大的妖力已成了負擔。

妖力當然是一種絕佳的力量，但無法好好控制的力量，不是傷害到原本想保護的人，就是讓力量蒙蔽了理智，反噬靈魂，終至失控崩潰。

仔細想想，即使沒有妖力，單靠靈氣使喚咒術，晴明便已超強入聖。

如果能夠讓一半的妖力脫離晴明，用穩定的一半妖力驅策咒術，恐怕才是眞正「最強的晴明」吧。

「你想在生命垂危時，讓那孩子成爲你的靈魂轉生。」

「沒錯，屆時他的力量就是我的力量，一次擁有破壞神與九尾妖狐的力量，將會超越我現在的修爲。」徐福慢條斯理地落子：「我一直想試試看，那種沒有敵人的滋味是什麼？」

「……你倒是老實得讓我無法質疑啊。」

早在徐福提議之前，晴明就已猜到了這老朋友的心思，他也早了好幾百個夜晚考慮這個可能性。

身爲智者，晴明並非無法割捨力量、盲目追求勝利的那種強者。

只是要將力量託付出去，承受者若沒有足夠的根器，同樣會面臨到折磨他的問題：「無法駕馭過於強大的力量、喪失意識」。然而若承受者的理念與自己相左，更不能成爲九尾妖力的新受人。

想了想，徐福雖然個性狂霸，戮人無數，藐視萬物，卻不失爲一個誠實的大奸雄。比起只想消滅妖怪獨生的自私人類，同時具有人類與妖怪身分的血族之王，更接近自己的理念吧？

而徐福本身的力量就超越現在的自己。如果只是將自己一半的妖氣託付給徐福，想必他也能輕鬆駕馭。

至於妖氣暫時的寄生者源義經，破壞神的力量不能小覷，此人有大根器無疑，誠懇相處之後，說不定不失爲自己的好夥伴吧？

晴明在心中征戰過無數回，慢慢有了方向。

第503話

一年後。

「現在的你，應該可以承受得住我一半的妖氣了。」

晴明伸出手臂，雪白的皮膚上裂出一道血口。

「感激不盡。」義經爽快地用刀在自己的手臂上劃出一痕。

催動魔舌，四周咒力起伏。

安倍晴明將自己的九尾妖氣，透過血液在空中的傳輸，直接送進了義經的體內。

「！」義經猛地張大嘴巴，這股劇痛是怎麼回事？

那可是日本國史上最強大陰陽師一半的妖氣，大大損耗了安倍晴明的真元。

而強大的異體入侵，令意志力堅強的義經全身如火，痛苦得幾乎再死一次。

何其強大，九尾妖狐的尾巴在義經的體內強行生了根，盤根錯節在每一個細胞裡，就連命格破壞神也發出了震撼山河的痛吼。

如果破壞神扛不住這種侵入，就會被九尾妖氣反過來吃掉，豈能不痛。

「這種力量，才只是妖氣轉生的起步而已啊……」徐福讚歎不已。

義經卻聽不見主人的嘉許，他只是發出不管血族或人類都無法想像的哀號。

過了七十六個黑夜，精神崩壞的義經在美濃無人的山谷裡狂奔，在大地上製造了許多驚人的巨大裂口後，抓狂的破壞神終於將暴烈的九尾妖氣給消化完畢。

晴明沒有教導義經任何咒語的施展方法。

他太困倦了。

這個永遠失去一半生命力的大陰陽師需要一個百年長眠。

他得在無邊無際的夢境中重整自己的法力，先一步入了樂眠棺。

而不再痛苦的義經一直處於半夢半醒之間，雖然九尾妖氣被馴服消化了，但產生異變的破壞神，其力量卻因此變得太過強大。

一個突然擁有超級力量的人會做什麼呢？

義經滿腦子想破壞。

破壞什麼？

破壞什麼都好！總之無論如何不想停下來！

義經獨自消滅了八個武力絕強的忍者村落，卻沒有罷手的跡象。

「眞不錯，但他得找到更像樣的對手才行。」

徐福召集了二十幾個白氏貴族，命令他們一起施展最強大的幻術灌入義經的腦中，讓義經整天在山谷與不存在的怪物搏鬥，消耗他的破壞慾望。

偶爾徐福也加入圍毆義經的行列，讓破壞神知道誰才是眞正的老大。

一百天過去了，毫無休息的義經終於筋疲力盡。

徐福終於令義經入棺沉睡。他相信如此可以安穩義經過於強大的力量。

然後他將日夜尋命、試命、煉命，實驗鍛造出足以移靈的法術。

再一次醒來時，義經將是徐福最好的靈魂容器。

後來蒙古帝國崛起。

長弓與鐵騎瘋狂呑噬了歐亞大陸諸國，印證了魔王徐福的預言。

超級強命「百殺霸國」從成吉思汗的身上，飛渡至其孫忽必烈的身上，方能用巨大的殺戮當作能量，繼續餵養自己。

新的宿主忽必烈果然做到了成吉思汗來不及做到的事，吃掉更多的疆域，毀掉更多的國家，最後更滅掉擁有許多獵命師為其效命的南宋王朝。

與卜筮的預言相符，當南宋宰相陸秀夫揹著宋朝最後一個年幼皇帝墜海自殺後，大獲全勝的蒙古大軍隨即整軍東發，橫渡大海攻擊東瀛。

「終於來了嗎？百殺霸國……」徐福竟有點興奮。

要喚醒義經助陣嗎？

不。

需要喚醒晴明並肩作戰嗎？

還不到時候。

「差得遠。」徐福嗤之以鼻。

兩次蒙古國揮軍東進，擁有狂霸命格的真正主人「忽必烈」都不在陣中，僅僅由數名獵命師與軍隊組成，徐福完全沒放在眼裡。

事實上光是在大海上製造出的暴風幻術，幾乎就讓遠征軍全軍覆沒，這兩次的遠端大勝利也確實展現了他自信的理由。

可這個血族大魔王的一時大意，終於讓他付出了所有能支付的代價。

在現場目睹這一場終極決戰的血族，全都化作焦炭。

但不論過程有多少個想像的版本，結果是千眞萬確的。

——大獵命師烏禪，與血天皇徐福同歸於盡。

重新啓動

命格：情緒格

存活：三百年

徵兆：這樣的例子其實不少，比如宿主因車禍失去一條小雞雞，原以為下輩子連打手槍都辦不到、哀痛欲絕的同時，醫院竟然可以當天找到因心臟病暴斃的捐贈者的大雞雞縫回，縫好後宿主前往向捐贈者的遺孀表示感謝，卻超意外打動正妹遺孀的芳心，閃電在一起！超爽！

特質：明明來來去去僅有一次的人生，在面臨絕境時卻出現了重大的轉機，開啓人生的光明！有信仰者往往說是上帝的旨意，或菩薩顯靈，或前世積德，但其實不用想太多，完全就是命格使然。命格吃食宿主的絕望感維生，再慢慢轉化（或瞬間生成）為強大的正面能量。

進化：靈寄

第504話

不知道過了多久，義經總算從石棺裡踏了出來。

赤身裸體的他環顧這悲慘的一切。

區區一個獵命師。

區區一頭野獸。

毫無謀略，只靠著單純的武力硬闖進地下皇城，就擊潰了血族的命脈？

一時間仍千頭萬緒，義經走到失去頭顱的闖入者旁，試著想像對方戰鬥的模樣。

同樣身爲一個戰士，他知道對方絕對不是用了什麼奸計得逞的小人，在敵眾我寡下像個男子漢奮戰至死，義經難以眞正憎恨闖入者。

但他爲主人的死亡感到傷心與絕望。

主人死了，自己也失去了存在的理由。

即使擁有了絕強的力量，卻沒有可以效忠的對象，自己究竟爲什麼要醒來呢？

讓義經恢復冷靜的，是遠遠趕到的兩個白氏貴族。

兩個居高位的白氏貴族，各自率領了十個精銳的牙丸武士前來參拜血天皇，想討論是否應該組織軍隊跨海反擊蒙古時，卻撞見了這恐怖絕倫的景色。

「這！」一個白氏貴族驚呼。

「王呢！」另一個白氏貴族震懾不已：「義經大人！王呢！」

此時，他們總算看到了被九龍銀槍釘穿了的徐福遺體。

兩個白氏貴族雙軀劇震，同時雙腳跪下，悲痛莫名。

二十名牙丸武士也嚇得跪倒在地，不敢抬頭。

王死了？

他們說，王死了？

…………

不。

王沒死。

在自己爲王報仇以前，王不能死！

「……」義經忽然冷笑出來：「我便是王。」

兩個白氏貴族驚疑不定地看著義經。

血天皇打算用剛剛煉造完成的「寄靈轉生」大法，在未來某一天將自己的靈魂與義經的靈魂對調，尤其是在命危之際，更是做爲金蟬脫殼的妙法，這事乃大機密，僅有少數幾人知道，正巧這兩個位高權重的白氏貴族就是其中之二。

眼前的景象，不就是徐福被殺死之前，將義經從石棺裡喚醒轉靈的畫面嗎？

披頭散髮的義經凝視著跪在地上的眾臣。

從今以後，就當作王的靈魂的的確確與自己交換了吧？

這正是王的期待不是嗎？

不這麼做的話，只差一步就可以得償所願的王一定死不瞑目啊。

以王的思想活下去，或許辦不到。

但以王的恐怖野心活下去，無論如何也要做到！

義經握緊拳頭，多年不見的淚水在眼眶裡打轉。

淚水？

「不，你不是王！」

出於活了六百年的直覺與對魔王的觀察，一名白氏貴族脫口而出。

此大忤逆的話一出，義經卻沒有特別的反應。

「……」二雙閃發白光的眼睛審視著這個自稱王的男子。

不敢施以幻術刺探，卻已全神戒備，隨時都有千軍萬馬衝進義經的腦裡。

「不是便不是吧。」

義經一副無所謂，用手指輕輕刺著自己的腦袋：「敵人殺進來的時候，你們在哪裡？就讓你們這些沒用的東西當作我醒來的第一餐吧。」

語畢，對面四瞳白光閃燄。

無數幻術怪獸天崩地裂而來。

「哼。」

義經一踏步。

「破壞神」跟著一踏步，充滿殺意的氣勁震開了襲來的怪獸。

破壞神一把擰碎了虛無的幻覺時，赤手空拳的義經也抓開了在場所有人的咽喉，充滿恐懼與能量的血水灌進了義經的嘴裡。

太弱了。

實在是太弱了。

如果主人被刺客擊殺的事傳了出去，獵命師一族捲土重來，光靠這些只會幻術的老白痴，怎擋得住那些高手的傾巢而出？血族一亡，主人的鴻圖大志怎辦？

飽餐一頓的義經開始進入思考。

這一坐，便是一整個長夜。

擅長策略布局的義經深知，戰場上最大的力量，不在於誰的兵多、誰的將強。

而是恐懼。

未及對決，便深疑自己會失敗，這種巨大的恐懼若寄生在敵人的靈魂裡，所謂的戰鬥不過是帶兵出去將原本就會被擊潰的敵人收拾一下罷了。

可以被挑戰的戰士，不管多強，都不是傳說。

只要戰士不是傳說，就可以被毀滅。

即使今天戰士挺住不敗，明天還是會遭到更猛烈的挑戰。

一次又一次，直到徹底敗亡爲止。

這個世界上，只有一種敵人是眞正不敗的。

那就是不存在的敵人。

既然不存在，就永遠不可能被打敗。

那便是傳說。

義經擦掉嘴角的鮮血。

他看著地上的獨臂怪物屍體……

「我得把眞正可靠的夥伴喚醒才行。」

第505話

第一個醒來的，是弁慶。

武藏坊弁慶，義經的忠僕與摯友，遙遠源家軍隊的大力武神。

「好朋友，主人需要你的力量。」

第二個醒來的，是晴明。

安倍晴明，義經的再生血源之一，日本國史上最強的陰陽師。

「這一覺應該十分飽足才對，主人需要你的法術。」

兩人醒來，義經將血天皇徐福的死告知，再把剛剛成形的計畫向他們說明。

晴明不勝唏噓，對著化作焦炭的老友深深一揖。

弁慶倒是沒什麼感覺。

對這個勇猛的武將而言，義經才是眞正的主人。

「你能造出與這傢伙一模一樣的元神獸吧？」義經指著地上死絕的毛冉。

所謂的元神獸，與虛無的幻獸大大不同。

幻獸乃是意念所構成，施術者一旦遠離受術者的能力範圍，幻獸便即在受術者的腦中消失。這就是白氏貴族最擅長的戰鬥。

大為不同的是，元神獸都是「藉體」而在，施術者必須在實際存在的形體，比如石頭、葉子、刀械、木塊，乃至昆蟲或小鳥等上施咒，再分以自己一點點的元神，瞬間讓這些小東西小生命成精。

所以元神獸有實體，有光影，能言語，能戰鬥，甚至能被賦予簡單的思想，只是元神獸存在的時間端看施術者的能力，能做到哪些細微的動作也有賴施術者的天才。

晴明彎腰，檢視毛冉的屍體。

「此乃食左手族，生於中土南苗之疆，是非常勇悍的天生戰士，介於半人半妖之間。而這一隻食左手族的屍體雙眼間有一青色戰痕，是該族認定的王者戰士才有資格擁有。」晴明點點頭，接著眉頭一蹙：「不過我沒見過牠生前的語態，無法讓牠如過去般說話。」

「行了，讓牠瘋瘋癲癲、四處嚷嚷就行了。」

晴明以手觸摸毛冉的屍體，瞬間將一切記憶起來。

每個陰陽師或多或少都能製造元神獸，但出自安倍晴明之手，又接觸過原物的實體所產生出來的元神獸，那可不是栩栩如生所能形容，就連模擬出來的戰鬥力也是出奇地驚人。

「記住了。」安倍晴明闔上了毛冉的眼睛。

這勇敢的戰士，臨死之前也要吃食夥伴的左手，可以想見兩人間的約定。

安息吧。

縱使你是敵人，也是可敬可畏的戰士。

□

僅僅一天後，義經便以「血天皇受了重傷，需要閉關休息」為藉口，由晴明施展強大的妖守結界，封鎖了血天皇的死亡現場，阻止任何人靠近，還造了一個晴明的虛空元神坐鎮其中。

同時，這三人默默搭著商船遠渡大海，來到了神州中原。

在漫長的大海旅程中，雷雨交加了數夜，安倍晴明召喚出三十九隻極爲稀罕的太古噴雷鳥，任牠們在狂風暴雨中吃食落雷，再將飽餐一頓的噴雷鳥收入虛空中。

一上岸，安倍晴明就以尋常飛鳥爲體，以自己的一滴滴元神爲核，迅速製造出十幾頭毛冉元神獸。

栩栩如生。

「去吧，去吧，用最快的速度到最遠的每一個地方，去吧！」

晴明叮囑，手一揮。

□

這幾頭元神獸迅速在中原狂奔起來，以最快的速度將「虛假的烏禪最後戰鬥」與「烏禪臨死的詛咒」傳了出去，此詛咒便是獵命師史上最恐怖的囚牢。

烏禪先祖要獵命師的徒子徒孫們潛入地下皇城，斬下宿敵徐福的腦袋。

之後再砍下烏禪他老人家的手，依照約定送給毛冉吃食。

如果辦不到，獵命師的下個世代，便只能留下一個子嗣。

要是獵命師的徒子徒孫沒有照做，十年之間所有獵命師都將死絕殆盡。

死、絕、殆、盡。

這就是戰神義經的詛咒戰略。

超禍星

存活：一千年

徵兆：當歷史等級的資料，指責你是一個國家甚至是一個朝代滅亡的最重要原因，別懷疑，極可能你就是此命格的最佳宿主——最優秀的代罪羔羊。

特質：想想，重大災難比如亡國之類的衰事，怎麼可能千錯萬錯都是你錯？但大家都喜歡把問題歸結在你頭上，比如被逼自殺的楊貴妃，比如被吳三桂牽拖的陳圓圓，比如滿朝大臣一個屁都不敢放全都把國家陽痿的責任推卸出去的慈禧太后。近代史上，則有八年遺毒之稱的救援投手陳水扁，當作是表率。

進化：似乎沒有進化的發現，但若擅長操作此一命格的獵命師，則可能擁有非常驚異的扭轉眾生命運的「轉化」——災厄黑洞。

第506話

不得不承認，獵命師是血族最可怕的敵人。

要消滅這麼可怕的敵人，必須用上「傳說」。

身為源家的「戰神」，義經深知傳說是言語製造出來的。

根本沒有人知道地下皇城裡發生了什麼事，就連傳說製造者也僅僅是依照謊言的需求編造出一段精采的最後對決。特別是烏家代代相傳的封印祕術、烏禪在西域動的兩顆心臟手術等等雖是事實，卻被拿來為詛咒的內容穿鑿附會，增添兩雄對決的臨場感……不過如此。

傳說的本質，便是胡說。

慢慢用「自相殘殺」之計削弱敵人獵命師的力量，直到血族的元氣完全恢復。不，直到血族的戰鬥力百倍於獵命師一族為止。屆時獵命師不僅喪失了力量，更喪失了志氣，血族便能揮軍直進，徹底消滅這宿命中的敵手。

傳說的內容底定。

但要讓這些獵命師信服這樣的傳說，需要很多強有力的證據。

製造證據，可不是光靠毛冉的元神獸到處咆哮就成。

□

崑崙山上。

「我們用最恐怖的手法，悼念死去的主人吧。」

義經看著獵命師宗廟前的姜公寒鐵人像，神色冷酷。

這裡是何等神聖之地，獵命師宗廟的屋脊之上被奇術「玄冥天護咒」牢牢保護著，逼使妖物不敢欺近，用斷金咒冶煉而成的姜公寒鐵像更是咒語的核心。

安倍晴明高高舉手，從萬丈雲端上召喚出三十九隻蓄滿電氣的噴雷鳥。

噴雷鳥盤踞狂旋，張嘴聚電成雷，聲勢凶猛幾乎撐破天際。

弁慶高舉長槍——那一柄銀色的九龍長槍，藉義經的臂力一躍高高飛衝入雲。

「喝啊！」

雷落，弁慶手中長槍同時往下砸出。

巨大的雷氣瞬間被九龍長槍吸引，捲著長槍的去勢往姜公人像上轟去。

一聲巨響，天地俱白。

玄冥天護咒的結界整個被天雷暴碎，姜公鐵像也崩散成數百塊。

義經的腳邊冒出焦煙。

這只是詛咒的開端。

第507話

今晚，月色慘白。

千峰競秀，萬壑藏雲。

天空上的雲氣被奇妙的大風咒給翻滾成一個黑色大漩渦。

忽地，那功力深湛的弄雲人巍巍峨峨站了起來。

三股異常強大的氣，乘著一隻奇形怪狀的虎首大鳥攀上了黃山之巔。

「太……太強了。」郝一酉喃喃自語。

三股強氣的主人從鳥背上落下。

一個巨漢扛著一把銀光閃閃的長槍。

一個容貌俊美的長髮男子拔出長刀。

一個白衣男子念念有詞，滿山的旋風忽然靜了下來。

「不要抱存希望，今夜我們三個打你一個。」

拔出長刀的美男子，義經面無表情：「老頭子，在死前盡情施展全力吧。」

郝一西看著昂藏巨漢手中的銀色九龍槍，不禁大感後悔……

老朋友，當初應該跟你一起去東瀛斬殺邪魔的。

第508話

預感總是不祥為真。

東邊的城外果然滿是支離破碎的屍體，八百具巡邏屍兵被秋風掃落葉般砍倒。

一個俊美的長髮男子用力甩著武士長刀，將黏在上頭的屍屑甩在地上。

一個巨漢喘著氣，洩恨似用腳重重踏碎地上的屍體。

一個白衣美男子則站在一道淡淡的紫氣之中，似是一種防禦結界。

擅長操作穢土擒屍咒的陸征明，率領著「死而復生」的八大家將盯著眼前的敵人。明明鬼氣逼人的是他們，陸征明卻感到一陣毛骨悚然的寒意。

敵人散發出難以想像的「強」。

「該說你變態嗎？還是該說，你正合我意呢？」

義經隨手丟出一個物件，撞上了陸征明的手。

那是郝一酉乾癟的破腦袋。

陸征明一凜，指尖纏動，八大家將登時暴氣衝上。

「霸！」

渾身沾黏著屍屑的弁慶一聲驚天霹靂吼，衝向八大家將。

陸征明只有一個念頭……

這不懂畏懼的八大家將能爲他的逃離爭取多少時間？

第509話

寒氣濕重。

混濁的月光，在河面的倒映上載沉載浮。

幾十張蜘蛛網橫七豎八布置在四面八方，人一般大的蜘蛛在上頭飛快爬來爬去，搜尋著可疑的敵人，與失蹤了的靈貓「葫蘆」。

惡氣逼人。

「日行一惡」的大獵命師廟老頭站在最高的一面蜘蛛網上，居高臨下，任何風吹草動都逃不過他的邪眼。廟老頭很開心有人前來挑釁，意味著他又可以開開殺葷。

蟲鳴唧唧。

夜露閃光。

廟老頭的背後，慢慢地，慢慢地……形成了一股極爲凝重的壓力。

這個大惡人臉上的笑容僵住了。

他極爲艱難地轉過頭。

「烏禪，你到底……做了什麼？」

在廟老頭的身後，忽然出現了許許多多的蛇人軍團，那是東瀛扶桑的古代妖怪，有名「夜刀神」所蛻變而成，明顯是衝著他的蜘蛛大軍所來。

這種驚人的蛇人數量竟在頃刻間無中生有，召喚者只怕比這些夜刀神兵團難纏千百倍。這種層次的召喚者，普天之下屈指不過三。

大陰陽師安倍晴明，一身白色狩衣，表情冷酷嚴肅地站在沾滿寒露的葉面上。

那些巨型蜘蛛不是輕取之流，等一會兩軍交戰，自己召喚來的這支夜刀神軍團恐怕損傷慘重。是否該提早召喚野槌巨人助陣？

「……」

比起眼前的蛇人大陣，廟老頭的眼中注視點只有一個……

那便是烏禪絕不離手的九龍銀槍。

那柄銀槍握在一個高大巨漢手中，散發出不尋常的殺氣。

弁慶很喜歡他的新兵器。

「兵對兵，將對將。」

主使者義經漫不在乎甩著長刀上的貓血：「一鼓作氣將他砍成兩截吧。」

月光慘動。

雲朵被染成了紅色。

第510話

對獵命師來說，這世上無所謂巧合，無所謂運氣。

一切都是命運。

正當負責掩護南宋殘兵的眾獵命師，被埋伏已久的九大獵命師之一的高力在山谷裡猛襲之際，頭頂上的天空忽然被極其尖銳的吵雜聲給壓住。

眾人本能地一齊抬頭，高力也高高仰起了頸子。

密密痲痲，震耳欲聾，那黑壓壓一片的「噪音」如巨大的瀑布狂衝而下！

眾獵命師目瞪口呆之際，立即認清他們的敵人不再是高力。

是鐮獸！

上百隻比速度龍捲風還快的黑色鐮獸，以割裂空氣的身形急下襲！

「爲什麼東瀛的妖怪會出現在這裡？」

「快逃！牠們的速度太快了！斷金咒——千手觀音斬！斬！」

「我用土吞咒掩護大家，你們快躲進我開的地穴！破！破！破！」

「不要分散！大家背貼著背，不要讓鐮獸有機可趁！大家放箭！」

「百破火炎掌——十成功力！」

這麼多獵命師聯手突圍自不能小覷，可惜從高空落下的不只是區區鐮獸而已。

義經、弁慶，以及這些鐮獸的主人安倍晴明。

一落地，義經暴吼一聲，「破壞神」在虛空中同樣發出震撼山河的巨吼。

頭一次遇到如此窮凶極惡的命格，那些不值一提的小命格竟產生了恐懼，眾獵命師身上的命格如燭火遇到狂風一般，登時給吹得差點滅了。

而原本意氣風發的大獵命師高力，身上的「獅子的驕傲」同樣大大哆嗦了一下，連帶手上托著的兩大團火球也抖了一抖，幾乎要摔出手掌。

「什麼來路？」高力背脊生汗，勉強定神。

來自東瀛的知名妖怪以可怕的戰鬥優勢，一瞬間便決定了戰局。

唰！唰！唰！唰！唰！唰！唰！唰！唰！唰！唰！唰！唰！唰！

唰！唰！唰！唰！唰！唰！唰！唰！唰！唰！唰！唰！唰！唰！

唰！唰！唰！唰！唰！唰！唰！唰！唰！唰！唰！唰！唰！

唰！唰！唰！唰！唰！唰！唰！唰！唰！唰！唰！唰！唰！唰！

唰！唰！唰！唰！唰！唰！唰！唰！唰！唰！唰！唰！唰！唰！唰！

唰！唰！唰！唰！唰！唰！唰！唰！唰！唰！唰！唰！唰！唰！

唰！唰！唰！唰！唰！唰！唰！唰！唰！唰！唰！

唰！唰！唰！唰！唰！唰！唰！唰！唰！唰！唰！唰！唰！唰！唰！

上百頭鐮獸以肉眼無法捕捉的超高速，在幾百名南宋殘兵間來回砍殺，只一片刻便將南宋殘軍殺傷大半，即使有人不戰而逃，也被負責守在外圍的鐮獸給捕殺，砍成兩截。

完全被破壞神給嚇呆了的獵命師們，就連平常擅長的咒術也使得很凌亂。

咚隆。

弁慶，長槍，巨魔駕到。

墜地後一路往前狂奔的弁慶，使勁揮舞著九龍槍，將來不及閃開的南宋遊擊小兵掃成血肉橫飛的屍塊。

一晃，弁慶已用最霸道的速度來到眾獵命師中間。

「斷金咒——佛捨斬！」一個獵命師大駭，一出招便是最重手。

「霸！」

千錘百鍊的斷金咒像是紙紮似地，弁慶的九龍長槍直接將斬來的咒手給斬斷，順勢插進對方的胸膛。

一扭手，長槍挑起被貫穿的斷金咒獵命師，往施展火炎咒的獵命師一摔，將對方用力撞倒。

幾乎就在同時，弁慶的長槍來到施展「人鬼」命格的獵命師頭上，一壓，直截了當將對方劈成兩條血柱，鮮血從剖半的屍口中炸開。

完全沒有特殊法力，更沒有精準的謀略，光是無窮無盡的蠻力與鬼之霸氣，武藏坊弁慶便將驚慌失措的獵命師砍得一場糊塗，完全是石頭砸雞蛋的屠戮。

但高手不只一方。

「無限火雨！殺！」

只不過一下下，與烏禪同以火術齊名的高力便爲剛剛背脊發冷的自己感到可恥，驕傲的他在手中燃起更巨大兩倍的火球，借自命格所產生的能量竟源源不絕。

火箭如蝗，不斷將衝向他的鐮獸給射倒。

「不管你們是誰！讓你們嘗嘗被太陽烤焦的滋味！」

烤焦？

他說的是……烤焦？

莫名地令人不快啊！

義經大步跨上，手上武士刀往前一斬，狂猛的刀氣立即將火箭整個掃開。

沒有停下來，憤怒的義經朝著高力前進，每走一步就砍一刀，將綿綿不絕的火箭給斬滅，每斬一刀就距離高力更近一步。

高力的火球不再對準鐮獸攻擊，而是瞄準了義經一人狂發火雨。

火雨越來越粗，越來越炙熱。

義經與高力之間的距離也越來越短。

「無限火雨！無限！火！雨！」

高力齜牙咧嘴，手上的火球已巨大到像兩個貼近地球表面的太陽。

爆炸性的熱力將周遭空氣裡的氧氣都燃燒光光，腳底上的地表焦成黑色的結晶，發出龜裂的崩壞聲。

四周景象的線條被變態的高熱給嚴重歪曲，好像來到了布滿岩漿的異星。

張牙舞爪的鐮獸不僅完全無法靠近，還遠遠燒死了好幾隻。

從巨大火球中射向義經的已不是綿密的火箭，而是光束般的火爪。

「你，可，以，死，了！」

高力全身燄紅，功力催升到極致，幾乎是同歸於盡的程度。

縱使強者如義經，縱使一刀一刀將火焰霸道地斬開，在不計代價的無限火雨攻擊下，同樣步履維艱。他身上的盔甲燒得火紅，全身擦出無數嚴重的燄傷，呼吸進肺臟裡的全是致命的火焰。

可義經憤怒的眼睛裡，不知不覺將這個施展焚燒大地的火術者，與殺進地下皇城的火術者的身影重疊在一起。

一瞬間，義經體內的九尾妖狐之血，爲強大的命格霸氣鼓盪出難以估計的妖力。

轟隆！

義經的七孔忽然冒出黑色的火焰，一瞬間，那黑火迅速燒上了義經全身。

「？」晴明築了一道「雪國之鏡」保護自己，遠遠觀察著義經的異變。

那黑色的異種火焰連安倍晴明都不曾親眼見過，卻充滿了狂暴的能量，竟將來襲的無限火雨給「反過來通通燒掉，化爲一陣黑色的虛無」！

高力怔住。

這難道就是……傳說中的……

「地獄業火！」

義經一刀砍出，名為地獄業火的黑色火焰轟然大盛，隨著刀氣強行突破無限火雨的重火封鎖，衝向高力。

高力豈是被一招斃命之輩，奮力躍起時，手上兩團超級巨大的火球順勢朝義經射了出去。剛剛僅是火雨漫射，現在可是兩團挖穿地殼的小型太陽！

「義經躲開！」

晴明驚呼，這可不是玩笑，如果這一大招是直接砸在自己身上，縱使用最厲害的不動明王金剛護身咒裹住，也勢必受到重傷啊！

可「破壞神」的優點就是缺點……

無與倫比的霸王氣勢，絕對不會閃開任何招式！

「業！」

地獄業火並沒有築起防護，根本就是瞬間暴氣無差別攻向從左右夾擊的兩團小太陽，硬碰硬，看誰的功力高！

這兩團飽滿了高力畢生功力的小太陽一脫離主人雙手，就失去了控制，原本被高力用內力壓縮又壓縮的熱能爆了開來，在互相激盪催化之下更加猛烈！

那是什麼聲音？

大地劇震，一朵蕈狀的火雲直衝九霄。

連同殘兵的屍塊，早就殺光眾獵命師的弁慶也給灼熱的衝擊波噴開。

十三指結印，晴明用最強的不動明王結界抵禦衝擊波，維持住最近距離的觀察。

山谷之中硬是被「熱衝擊波」挖開一個又深又黑的小山谷。

冒出濃煙的小黑洞底，一道人影哈哈大笑。

渾身赤裸的義經帶著濃烈的地獄業火，與擠出憤怒眼淚的大笑走了出來。

高力高高墜地。

此時他還想運功製造更大更強的火球奮力一搏時，才赫然發現自己的雙手「不見了」。他看著莫名其妙消失了的兩隻手前臂，完全呆住了。

原來剛剛那兩團窮盡畢生功力的傑作，竟也將他兩條千錘百鍊的手給一併燒掉了。失去了火咒之器，現在的一代宗師只有任憑宰割的份。

「燒焦？」

義經走到失去雙手的高力面前，絲毫沒有一點惺惺相惜的意味。

他一手按著高力的頭頂，淡淡說道：「你的意思是，燒焦？」

慢慢地，黑色的業火像有了生命的煙蛇一般，從高力的七竅鑽進。

「啊！」

高力生平首次露出恐懼的神色。

業火燒進他的五臟六腑，燒煅他的骨髓血液，燒垮他因過度恐懼扭曲的表情。

最後連一點點的黑碴都不剩。

義經哭了。

像個心碎的孩子，跪在地上嚎啕大哭。

如果這種力量提早讓主人擁有的話……

如果得到這種力量的自己，當時站在主人身邊爲他擋下火焰的話……

整座山谷被火一樣的黑色給淹沒。

第511話

結束了驚人的殺戮，毛冉的元神獸也散元成了飛鳥，無人能見。
商舟揚起了帆，航向奄奄一息的東瀛血國。
惡毒的詛咒已在他們的背後快速成形，將帶來數百年愚蠢怯懦的腥風血雨。

無風，無月，無浪。
天海俱寂。

弁慶躺在甲板末端，抱著悲傷的九龍槍陷入戰鬥的回憶。
無風可迎的帆布桅上有兩人影，晴明看著一旁沉默已久的義經。
這孩子身上流著自己的血，既陌生，又熟悉。既可怕，又寂寞。
很寂寞很寂寞。
晴明輕輕嘆了一口氣。

「接下來呢？」

「……讓我來完成主人的遺志吧。」

扮演，主人想要交換的靈魂。

這會是義經最精采的一次沉默。

雅典娜的祝福

命格：天命格

存活：無

徵兆：不管遇到多強的敵人，宿主都有擊敗它的種種戰運加持。猶如強者相吸，更像是命格蘊藏的傲氣使然，命格多半附身在原本就超強的宿主身上，令強者更強。據說南北朝梁國神祕的將領「陳慶之」便擁有此一命格，屢次以百破千、以千破萬、屢戰屢勝。

特質：傳說此一命格是天地間「戰鬥之運」的能量化，有獵命師言之鑿鑿，希臘女神雅典娜就是授與此一戰鬥之運的神祇，卻有人斷言此說是因果顛倒，根本是因為雅典娜的身上擁有此一命格，方能被稱為勝利女神。

進化：無

〈東京大死戰〉之章

第512話

劍氣射雲天，鼓聲振原隰。黃塵塞路起，走馬追兵急。
彎弓從此去，飛箭如雨集。截圍一百里，斬首五千級。（擷自《將軍行》劉希夷。）

一個隨時隨地都喝醉了的高瘦男子，一邊打嗝，一邊搖晃胡亂唸詩。
該起霧了嗎？
還是再睡一覺？
高瘦男子將一壺酒淋在自己頭上。

□

東京，遍地烽火。
第一級戰區，歌舞伎町。

只需要扣下扳機，美軍陸戰隊的機槍海火舞繽紛，取得了初期的優勢。

但捨命接近的牙丸武士前仆後繼，用堅韌的生命力縮短又縮短兩軍的距離，爲從後方跟上來的夥伴製造出絕佳的肉搏空間。

牙丸武士與陸戰隊的地面攻防漸漸演變成貼身交鋒戰，敵人的鮮血給予受傷的牙丸武士最好的補給，雖然無法完全復元，但吸血鬼令人讚歎的傷口癒合力不能小覷，尤其是刻意自我鍛鍊的血族戰士，硬是能狂飲鮮血將傷及心臟的傷口修補到尚不致命的程度。

然後繼續狂上！

「挺住！前班掩護，想辦法突破這三個臨時碉堡！」

「後面再上！再上！再上再上！」

「低下！小心前方炮擊……殺！殺啊！」

「不要擔心坦克，圍起來放炸藥讓他們死在廢鐵裡！」

仗著火網交織，美軍陸戰隊艱辛地挺住，以幾個臨時碉堡聯合而成的陣面逐漸出現缺口，機槍海的高壓優勢區一個接一個消失，如果再得不到其餘部隊的援助，恐怕這個防禦點就會淪陷了。

剛剛不斷爲人類地面部隊進行掃蕩掩護的雷鳥直升機，狠狠壓制了牙丸武士的行動，卻也是最顯眼的肉靶。當它們一架接一架被東京十一豺給打下來時，歌舞伎町的美軍防禦點已搖搖欲墜。

「下來！」

賀的身影如風，刀如電，瞄準了前座駕駛員的雙眼之間射出，一下子就在高樓大廈之間擊殺了七架雷鳥直升機。

賀甚至分出一點眼角餘光掃向地面，觀察兵五常與虎鯊合成人TS-1409-beta的對決。

□

這恐怕不能以平常的「一對一對決」來度量。

在這個絕望的城市裡上演的是一場大亂局，沒有人可以完全置身事外，即使是一心決一生死的兩人，也不能期待心無旁騖地捨身。

「蜈蚣閃！」

運氣催化，兵五常的十一截棍化作一道閃光。

「吃了你！」

毫不閃避，虎鯊合成人TS-1409-beta衝出，一拳擊向強棍閃光的末端。

！

硬碰硬，兩道巨力猛一撞擊。

兵五常略勝一籌，虎鯊合成人TS-1409-beta的拳縫冒出一道血煙。

「再來！蜈蚣連閃！百花撩亂！」

命格「無雙」的威力十足，加上兵五常的棍法早到了隨心所欲的程度，閃光像一條刁鑽的蜈蚣，將虎鯊合成人TS-1409-beta困在原處，快速地不斷纏打，打得虎鯊合成人TS-1409-beta差點抬不起頭來。

虎鯊合成人周遭的地上全都裂開，宛若遭遇炮擊。

可超耐打的虎鯊合成人TS-1409-beta，即使被揍得睜不開眼，還是靠著腦幹下方的羅蘭氏囊找到了「棍場」的些微縫隙，猛一加速衝出，一拳打在兵五常的肚子上。

「還你一拳！」

「唔！」

兵五常吃痛後飛，卻即時迴棍砸在虎鯊合成人TS-1409-beta的後腦上。

那一棍來自視線之外，轟得那怪物瞬間往前翻了一大圈。

兵五常緩緩吐氣，用精湛的內力將肚子上的重擊消解。

剛剛好重的一拳，要不是全身都在十成內力的護衛下，這一拳大概貫穿自己的肚子了吧？難怪這頭怪物可以用擒抱直升機的方式屠殺陸戰隊。

「拿棍子的，你……好像比我強，強一點點。」

虎鯊合成人TS-1409-beta歪著快被打斷的脖子，吃痛地說：「不是內力……你的身上有一種奇怪的能量擾動，到底是什麼呢？」

「這不是認輸的場合吧，這是戰爭！」兵五常的內力灌注到棍子裡，冷冷說道：「我要用最快的速度解決掉你，接下來你會痛不欲生……」

「不好意思，戰爭嘛！所以現在是二打一！」

兵五常一驚，往後一看。

橫綱怪吼，遠遠摔來一台超笨重的陸戰坦克。

兵五常即時閃開，坦克在他身後摔成一團冒煙的大廢鐵，像個小地震。

「我好強！」

橫綱大吼，趁著兵五常閃坦克之際，像一枚肉色砲彈轟然撞了過來。

兵五常高高一躍，即時躲開橫綱的肉身炮擊，只見路邊大樓瞬間給撞出一個大洞，他在半空中重整旗鼓，一瞇眼。

「蜈蚣棍法！十一天……」

兵五常還來不及在半空中用他的蜈蚣棍法絕技，就被一道衝上天際、快速絕倫的黑影給橫地撞飛。

當然是虎鯊合成人TS-1409-beta，這怪物給了兵五常一記豪邁的空中重拳！眼冒金星的兵五常一墜地，就遭到橫綱無情的合擊。

「我好強啊！百張手！」

掌影疊疊。

近距離下，橫綱連綿不斷地朝兵五常轟出足以摧毀坦克裝甲的相撲張手，讓兵五常無法將十一截棍完全施展開來，只能用「五天連雨」等級的攻擊交戰。

「哈！」橫綱輕鬆用掌撥開這種等級的棍勢，又一掌削出，砸在兵五常的鼻骨上：「我好強啊！我實在是太強啦！」

「我也很強！」

虎鯊合成人TS-1409-beta追上，張開血盆大口，用力一咬，利牙劃開一道血紅。

鮮血從兵五常的肩膀上灑然噴出，可也讓左支右絀的兵五常以最快的速度用傷勢換來了距離。

王八蛋……

倪楚楚跟書恩跑哪去了？倪楚楚有蜂群幫忙，就算走失了也能夠快速找到自己吧，剛剛一陣天崩地裂的炮擊混亂，該不會是被幹掉了？

還有鎖木那個傢伙，不是應該緊緊跟在自己身邊收拾垃圾的嗎？雖然鎖木只是一個處理雜魚等級的幫手，但這個時候也不來分擔一下？

「沒在怕的！我是，獵命師長老護法團，兵五常！」

兵五常大吼，再起棍勢。

第513話

連日的高水準實戰，令兵五常的戰鬥力大幅提升，現在以一打二，正是磨練自己的大好機會！一念及此，兵五常身上的「無雙」炙熱到最高點。

「百張手！」橫綱的肉掌充滿了崩碎一切的剛氣：「我要吃了你！」

「吃了吃了吃了吃了！」虎鯊合成人TS-1409-beta一拳揮出，毫不畏懼。

兵五常甩著肩血吆喝：「蜈蚣棍法！十一龍十一閃！」

拉開了距離，極爲猛烈的絕招「十一龍十一閃」完全將橫綱與虎鯊合成人TS-1409-beta籠罩住，轟得這兩大高手寸步難以逼近。

一打二？

這可是戰爭！

一陣強風從兵五常的背後颳過，撕走了他背上一片衣角。

嚇出一身冷汗的兵五常迴身一棍，重重砸在空氣中。

一個男子高高蹲在廣告招牌上，手裡抓著一片沾血的衣服破片。

輕甩著手，讓衣服破片隨風吹走，這男子渾身散發出強悍的鬥氣。

當然是，大鳳爪。

「不錯嘛，說不定也比我還強一點，只是……」

大鳳爪轉了轉手腕，手指的肌肉呈現鋼鐵般的藍色光澤：「你的敵人，不是他們，不是東京十一豺，而是滿城嗜血如命的血族。」

兵五常背脊光禿禿的一片，上頭的肌肉有五道怵目驚心的血痕。

這個用爪的男人……很強。比那個怪物跟那個胖子都強。

「……」兵五常握住十一截棍的手更緊了。

蹦蹦。

跳跳。

一個渾身血紅的赤裸女子，一邊大力抓著自己的奶子，一邊蹦蹦跳跳過來。

兵五常瞪大雙眼。

「唉呦！好man啊！死之前要不要吃一下我的奶！」

只有冬子才會有的台詞，也只有冬子才會有這樣的動作。

打從一入夜，她就沉醉在這一場繽紛的紅色嘉年華。

這個超強的臭三八剛剛咬掉至少兩百個陸戰隊的喉嚨，讓鮮血像噴泉一樣灑在身上，讓她雀躍地像隻漂亮的紅色小麻雀。

她吸飽了血，散發出野性的攻擊美。

等一下她打算咬斷這強壯男人的四肢，好好享受一下他淒厲的嘶吼聲。

「戰爭有戰爭的打法。」

一個渾身被鬥氣緊緊包圍的空手道家，從廣場的陰影處走了出來。

大山倍里達，剛剛用正拳突刺打凹掉幾十名陸戰隊的肋骨。

「如果有來生，再還你一場一對一的較量。」

這個空手道傳奇人物微微鞠躬，表達他的歉與敬。

「哼。」

兵五常審視了一下眼前情勢。

雖然倪楚楚沒有戲劇化地出現援手，可至少，鎖木跟書恩這兩個小跟班幸好不在這裡，省得綁手綁腳。一來一往，情況似乎也不算太糟。

以一打五，兵五常一點也不怕。

身為一個戰士，本就置生死為度外，死在這裡也沒什麼。

只是，兵五常想起了那一個充滿恥辱的大雨夜。

「兵五常，不快走的話，我會打得非常辛苦喔。」烏拉拉眼睛不敢離開宮本武藏，認真說道：「你希望一個獵命師死在一個吸血鬼的手上嗎？」

咬著牙，兵五常轉過身，慢慢踏出染血的一步。

這輩子，兵五常從沒有這麼矛盾、這麼憤怒過。

「有機會的話。」烏拉拉還是忍不住開口。

「……」兵五常閉上眼睛，一拐一拐。

「跟我一起把命，送在徐福面前吧。」烏拉拉笑道。

「在徐福前集合嗎？」

兵五常喃喃自語：「好，等我一口氣幹掉這五頭吸血鬼，我就去！」

九把刀的秘警速成班（九）

眾所皆知，經過血天皇「皇吻」過的吸血鬼，其作為吸血鬼的「資質」將會大幅增長，最明顯的莫過於戰鬥力的短期蛻變。皇吻過後，受吻者將進入深度沉睡，俗稱「劇繭化」。

以科學立場試圖解釋的話，不管是人類或吸血鬼，不同的血液進入自己身體，本來就會產生抗體反應，彼此的血液以身體為戰場互相作戰，產生發燒等典型症狀。

皇吻後，或許是血天皇的牙管毒素的特異化使然（亦即，入侵血液的能量非常強），這種抗體反應幾乎是一面倒由血天皇的牙管毒素獲勝，進而強勢改變受吻者原本的血液構造，產生進化。

少數吸血鬼在接受皇吻後，可能因為體質難以調適而暴斃，例如戰國名將武田信玄，以及原本想加入東京十一豺的摔角巨人斗羽，都是知名的遺憾例子。

第514話

這個棍法家的堅定意志徹底燃燒開來，催動體內的「無雙」命格，相輔相成，鬥氣與戰鬥力凝聚增長，讓兵五常的嘴角不禁上揚。

一寸長，一寸強。

現在就要你們四個知道——十一截棍的厲害！

「笑？一分鐘之內解決你！」

大鳳爪化作一陣黑風，怪掌一抓！

兵五常一棍衝出，將無堅不摧的鐵爪給盪開。

「吃！」虎鯊合成人TS-1409-beta蹂身一拳，又被兵五常給長棍掃掉。

「掌死你！」橫綱轟掌，與兵五常的快棍轟了個驚天動地。

可速度最快的冬子比來福槍的子彈還快，趁亂急衝攻擊，小嘴硬是在兵五常的腰際扯下了一小塊肉。

而大鳳爪的鐵掌無聲無息逼近，差點將兵五常的肩膀整個抓掉。

「夠了！」兵五常沉肩斜身。

棍子即時回救，精妙地將大鳳爪的攻擊給封住，卻來不及擋住大山倍里達朝著他脊椎骨的一記快拳。

轟！

大山倍里達暴喝：「中！」

明明實拳還有五公尺之遠，凌厲的拳風卻飛衝出去！

拳風的勁力非常，兵五常整個被砸飛，落地翻了三圈旋即起棍又轟。

負傷的兵五常狂棍掃打，氣勢驚人：「十一龍！十一閃！」

攻擊就是最好的防守，十一道洶湧的棍氣炸出，然後又緊接著新的十一道更洶湧的棍氣，海浪般催化出綿綿不絕的攻擊。

但東京十一豺之五豈是泛泛之輩？

總有人硬擋住狂猛的棍擊，另四人趁機搶上，在兵五常的身上留下慘烈的印記。

轟！

橫綱、大山倍里達跟冬子遠遠挨了三棍。

虎鯊合成人TS-1409-beta趁隙給了兵五常的正臉一拳。

大鳳爪跟冬子給棍勁轟出十公尺外。

沒有錯失良機，橫綱在兵五常的胸口上印了一大掌。

轟！

虎鯊合成人TS-1409-beta讓棍橫地掃倒，橫綱的後腦被棍子甩中。

半眨眼間，大鳳爪狠狠抓了一把，冬子連袂咬了一口。

大山倍里達飛腿踢中兵五常的下顎。

轟！

身上的黑色西裝早就破破爛爛了，身上也累積不可思議的傷口，但兵五常的棍法卻絲毫不亂，不僅力量越來越狂暴，還打出越來越精妙的變化，慢慢將四人的攻勢給壓制住。

——精神力前所未有地集中。

「……」大鳳爪暗暗佩服，老是與棍直接對決的手指早麻了泰半。

滿地沸騰的鮮血。

忽然槍聲大作，子彈穿梭在眾決鬥戰士之間。

「！」冬子輕易閃過子彈，眼角一看：「唉呦！幾個帥哥！」

原來是一小隊迷途又負傷的美軍陸戰隊亂入，正往這裡攻擊。

「高手打架！雜魚插什麼手！」

虎鯊合成人TS-1409-beta暴怒，整個加速衝過去。

「快集中朝那怪物開槍！」約莫七、八個陸戰隊隊員大驚，挺槍連射。

迎著數百發子彈，任高速的金屬在堅韌的強化鯊皮上擦出閃燄，虎鯊合成人TS-1409-beta來到可憐的食物中，三秒之內轟了三記重拳，將食物搾成血泥。

冬子的尖牙在兵五常的大腿上掠過，撕開一團血肉。

大山倍里達的無影拳風轟上了兵五常的正臉。

「留給我打幾拳！我要打我要打我要打！」

虎鯊合成人TS-1409-beta著急地說，倉促重回戰局卻被化成閃光的棍子給轟飛出去，還差點撞倒了大鳳爪。

「要打就認眞點！」大鳳爪怒罵。

「誰不認眞了！」虎鯊合成人TS-1409-beta吐槽：「你說的一分鐘早就過了！」

如果戰鬥力眞有辦法數值化，那麼大鳳爪、橫綱、大山倍里達、虎鯊合成人TS-1409-beta與冬子五個吸血鬼加起來，其數值至少是兵五常的四倍，早就可以瞬間秒殺這個不速之客了。

但戰鬥是一件非常奇妙的事，兵五常全神貫注地熱戰，還一心想贏……

反觀東京五豺，這幾十年來他們都習慣了單打獨鬥，不要說合作了，就算難得出現了強敵，每個人都想獨自把對方整個挑掉，而非聯手。

慢慢地，所謂的團體作戰不過是「超強的各打各的」，無法形成眞正的默契。

五打一，卻只發揮出不到一半的總戰力……

某種變化悄悄生成。

在兵五常體內無限炙熱的「無雙」正快速成長，終於來到了蛻變邊緣。

「過癮！」

兵五常大笑，此生此世就屬這一場架打得最過癮。

明明就無法擊敗對手，可對手也沒辦法擊敗自己。

走著瞧，走著瞧……

奇妙的十一截棍捲起了異常的風，兵五常感受到封印在自己體內的命格「無雙」正快速進化成超級命格「絕對無雙」。

這可是武者的夢寐以求！

大鳳爪瞇著眼，隱隱約約看見兵五常的身上散發出淡淡的火形光芒，這光芒並不是內力噴發的具象，而是另外某一種「具壓制性的能量」？

虎鯊合成人TS-1409-beta硬是將來襲的棍子給揍開，大嚷：「不大對！」

「蜈蚣棍法——十三天連雨！」兵五常熱血沸騰，內力陡然暴漲。

強大的棍影紛飛，將圍攻的東京五豺給轟了個難以靠近。

「哈！哈哈哈哈哈哈哈！好夥伴！終於來到這一刻啦！」

烈火般的情緒在兵五常的長嘯中越來越高亢。

凶悍的「絕對無雙」駕到！

第515話

嗚……**隆隆隆隆！**

猛地一道巨大的黑影從天摔落，眾人不約而同後避，竟是一台雷鳥直升機從空墜落，不偏不倚砸在慘鬥現場的正中央，爆炸！

機體崩碎之際，一柄飛刀自漫天濃煙與火焰中射出，射向兵五常的眼睛。

「！」

兵五常駭然，沒能避開，只是本能地側臉一偏，令飛刀直沒頰骨。

「眞是驚人的集中力。」

默默從高空中偷襲的飛刀手賀，不禁讚歎。

剛剛從高空中隨意觀察，這個入侵者明明沒有那麼強，現在怎地突然換了一個級別似地？即使如此，也快死了，賀微微搖頭。

在高手團團圍攻之下，任何疏忽都極為致命。

兵五常被飛刀偷襲成功的結果，是一連串悲慘的連鎖反應。

大鳳爪將十一截棍微微失速的末端給抓住，牢牢地，絕不放開。

大山倍里達一記手刀斬在兵五常的咽喉上，震得兵五常眼前一黑，無法呼吸。

冬子咬走了兵五常的左眼。

慢了一步的橫綱與虎鯊合成人TS-1409-beta站在兵五常一前一後，橫綱的張手大刺刺印在兵五常的心口，而虎鯊合成人TS-1409-beta的猛拳則轟在兵五常的背窩上。無法藉力脫力，兵五常完全承受了這些重擊。

即使是「絕對無雙」又如何？

那一鼓剛剛成形的火焰命力瞬間黯淡，隨時都會掙脫沒有靈魂的軀殼離去。

直挺挺，直挺挺地站著，孤軍奮戰的兵五常從喉嚨裡嘔出冒著焦煙的黑血，左眼只剩下一個漆黑的血窟窿，胸骨斷折，背骨斷折，頸骨斷折。

大鳳爪瞪著他。

當然無法言語，兵五常的手卻依舊抓死他的好夥伴十一截棍。

大鳳爪慢慢鬆開十一截棍的尾端……沒必要箝制住對方的兵器了。

就讓這個叫獵命師什麼來著的入侵者，帶著它死去吧。

「通常我喜歡慢慢折磨敵人，但戰爭繁忙，今天給你特別優待。」

大鳳爪好整以暇走到兵五常面前，擰著暴滿青筋的手掌說：「我先抓碎你的四肢後，就直接抓破你的腦袋吧。」

意識只剩一線的兵五常，勉強用右眼模糊的視線看著最後的行刑者。

大鳳爪的手按在兵五常的肩膀上，慢慢出力，慢慢出力……

按照平日他料理食物的下廚經驗，不管是多麼男子氣概的食物，只要是「慢慢出力」地拔下對方的肩膀，就可聽見食物哭出來的聲音。有時還會哭到尿出來。

快死的感覺？

沒有。

除了肩膀很痛，什麼特殊的感想也沒有。

因爲兵五常知道自己絕對不會死在這裡。

「哭啊？」

大鳳爪的手指嵌進了兵五常的肩膀肌肉裡：「這不該是給我的獎賞嗎？」

兵五常的眼淚痛到滲出，卻絕對不哭。

不能哭。

剛剛他低垂的左手手指下意識地因「某物的接近」，默默微弱地算動起來……

有一個強大的命格正靠近自己。

不會有錯。

擁有「雅典娜的祝福」命格的人，只有一個。

碰轟！

遠遠又一台美軍坦克被炮擊炸翻，裡頭的駕駛被牙丸武士拖出來咬死。

東京五豺鑾戰兵五常的決鬥點前方，正是美軍建立在歌舞伎町的防禦點。

經過一番激戰後，防禦點已被不怕死的牙丸禁衛軍攻出幾個大缺口，機槍聲已

越來越稀疏、越來越絕望，牙丸武士一手拿槍狂射，一手拿刀撲上去砍腦袋，樣態瘋

猛，陸戰隊的抵禦已裂出致命漏洞，不久後就會被牙丸武士給整個攻陷。

天空一白。

打雷了。

第516話

沒下雨，卻打雷了。

那道白色的雷，輕飄飄落在殺紅了眼的牙丸武士之間，幾乎沒發出什麼聲音。

雷落之處微微燒起了不帶威脅的一縷青煙，煙中，是一個老人。

穿著黑色西裝的白髮老人。

白髮老人的肩膀上，蜷曲著一隻好小好小的幼貓。

「……」

遠遠地，虎鯊合成人TS-1409-beta往這邊瞧，他的羅蘭氏囊感測到了什麼。

表情嚴肅的老人站在難以計數的眾多牙丸武士間，慢慢舉起了手指。

指尖有一絲金黃色的光芒，吱吱作響，猶如一條顫動的鋼琴線。

沒有自我介紹。

沒有制式地解說招式。

老人的手斜斜一劃，金黃色的鋼琴絲線在指尖上劃開。

從「線」變成「面」。

一張巨大的、越來越巨大的面，穿越許多位於平行空間的牙丸武士身體。

這個簡單無比的手指動作只一瞬間，卻奇妙地將時間的概念凝固起來，在虎鯊合成人TS-1409-beta銳利的獸眼中，這完全是極為緩慢的一個超慢動作。

令人啞口無言的，超緩慢的一個簡單小動作。

數百或上千，誰知道呢？

無數個衝鋒陷陣的牙丸武士在下一刻變成了兩倍的數量。

上面一半，下面一半。

最後是超不寫實的紅色噴泉大爆炸，將時間的軸線帶回了原世界。

只一招。

只需一招。

牙丸禁衛軍在歌舞伎町用慘烈傷亡硬換來的優勢，就徹底瓦解成血泉。

「……」

大鳳爪放開了兵五常的肩膀。他的手不能浪費在無用之敵身上。

大山倍里達努力擺出了千錘百鍊的正拳預備式，掌心全是汗。

平時最聒噪的冬子也緊繃著奶子，像貓，一語不發地拱起了身子。

虎鯊合成人TS-1409-beta用血盆大口在手臂上一咬，強迫自己提振精神。

橫綱吐出一口令人鬱悶的熱氣，微微蹲踞。

居高臨下的賀，手中扣著唯一或許能扭轉情勢的飛刀，集中注意力。

好像又打了個雷？

不確定。

穿著黑色西裝的老人不知何時竟來到了眾豺之間，兵五常的面前。

腳下冒著輕煙的白髮老人沒有說話，只是打量著兵五常的傷勢。

兵五常朦朧的視線注意到，白髮老人的臉上有一道剛結痂的新鮮傷痕，似是利器劃過。怪了，以白髮老人之強，到底有誰可以傷到他的臉？大概是自己隨時都會暈過去看錯了吧？

此時白髮老人肩膀上的小小貓往前朝兵五常嗅嗅，隨即低喵了一聲。

「……我昨天剛養的。」

「是。」

兵五常滿眼的淚水終於滾落。

當今之世只有一人一貓懂得威力強大的「雷神咒」，這白髮蒼蒼的老人自然是獵命師長老護法團中的公認最強者，聶老。

他唯一的偶像。

而聶老重新開始飼養靈貓，只意味著一件事：聶老重新燃起對生命的某種期待。或許尚不足以稱爲熱情，但已是非常美好的起步。

「我剛剛一直站在遠處看著你打。」

「嗯……」

「太想看你打贏了，於是袖手旁觀了很久。」

「嗯……」

兵五常感動得完全忘記身上的痛楚，連鼻涕都帶著血流出來了。

自己畢生唯一崇拜的偶像，如此期待自己以一打六能勝，何等光榮！

聶老看著遠處：「能自己走到安全的地方嗎？」

這種傷勢雖重，但只要一時不死，獵命師自有奇妙的復元手段。

兵五常點頭，又搖頭：「我不要。」

「？」聶老不解。

「我要站在這裡，看你把他們全都揍扁！」兵五常用盡力氣說。

聶老淡淡笑了。

這一笑，極緊繃的氣氛瞬間有了鬆懈。

機會！

賀的瞳孔驟縮成一個小小的圓點，肩膀肌肉一繃，飛刀幾乎要射出。

飛刀？

一道奔雷從聶老的掌間衝出——以雷的速度！以雷的威力！

自地面往半空轟出！

「？」

賀根本沒有辦法反應，就被這道金黃雷氣給擊中，衝擊力之狂暴，將賀整個砸向身後的大廈，玻璃粉碎，賀直接摔進了大樓深處。

沒有多餘的對白，距離聶老最近的大鳳爪電光火石一掌抓在聶老的肩膀上，不論是速度或力道都無法挑剔的鐵掌完全擰住了敵人，想進一步摧毀，卻無法發出任何一點勁力。

聶老的肩上湧出一股強電，毫不留情地灌入大鳳爪得意的鐵掌之中，大鳳爪整個人宛若遭到高壓電電擊高高彈開，姿勢僵硬地撞在早已彎曲的路燈上。

或許是唯一的機會了！

大山倍里達以神速遠遠擊出了正拳拳風。

冬子化作一團超快的白光咬出。

虎鯊合成人TS-1409-beta以挖開地面的超級下勾拳掄向聶老。

橫綱百張手剛猛無儔地往前推轟。

沒有閃避，聶老甚至完全沒有招式，他只是緊緊握住爬滿老人斑的雙拳。

金黃色的超級雷氣從聶老的身上往四面八方衝竄出，在方圓十公尺之內形成絕對無法防禦的「雷氣風暴」，震得東京四豺往四個方向又摔又滾而去。

這是戰爭。

沒有公平的單打獨鬥，當然也沒有講求對等的將帥對決。

偶爾會出現這種的……

「將對兵。」

兵五常瞪大唯一的右眼：「眞不愧是我的偶像啊！」

幸運的精子

命格：機率格

存活：兩百年

徵兆：任何努力奮發向上，都比不上投胎投得好，這個人盡皆知的道理就是此一命格的精髓。爸爸是比爾蓋茲，爸爸是巴菲特，爸爸是王永慶，爸爸是郭台銘，爸爸是李嘉誠，諸如此類，真不愧是最幸運的精子。

特質：這輩子恐怕不知道公車是什麼東西，也不大理解銅幣的作用，覺得捷運是蓋給窮人坐的，所以不知道為什麼捷運旁的房子特別貴。命格吃食宿者一路順遂的好心情而茁壯，進而培養足以繼承此一命格的下一顆幸運的精子。

進化：如果進化的過程遭到扭曲，則恐怕會進化為完全被子女消弭災禍的「爸氣」！

第517話

東京海岸線，美軍艦隊的大後方。

海軍在這裡迅速確實地建立了臨時地面指揮中心、器材補給站、緊急醫療站、軍火彈藥庫，還有幾十架雷鳥戰鬥直升機正在加油，等待升空支援陸戰隊。等到了下一次的白天，這裡還會設置臨時的東京難民收容所，做個樣子給媒體拍攝。

浩浩蕩蕩，至少也有一萬名將士整裝待發，背後還有整支艦隊撐著。

這裡的氣氛雖不若東京最前線的恐怖與緊張，防禦也是固若金湯。

但，所謂的防禦針對的是武力攻擊。

如果是……

海岸線底下的祕密地道裡，八百年老鬼白常，已做好了大殺四方的準備。

一百名決意赴死的牙丸武士擠在地道前面，窺探著地面上美軍的動向。

油箱重新加滿了油，雷鳥直升機的螺旋槳開始盤旋，分成多梯次慢慢升空，在美軍陣地裡製造出巨大的噪音與強烈的氣旋。

這肯定是最佳的時機。

「準備好了。」白能捲起了袖子。

「等著您的命令。」白器恭敬地說。

尊者白常依舊緊閉著雙眼。

……龘龍穴遭到入侵？

出征前聽聞這緊急消息的白常，竟是滿腔的興奮激動。

二次世界大戰，不管日軍情勢多麼危急，任憑牙丸軍團與日軍在中國節節敗退、任憑美國人用核彈撕裂神聖的國土，偉大的血天皇總是不動如山。

不管己方死傷多麼慘重，也無人膽敢開口請血天皇老人家移駕親征，只有自己人拚命唾罵自己人無用、用失敗令血天皇老人家丟臉之類的嘴戲。

於是很多臆測在眾血族的腦中慢慢形成……

血天皇重傷無法復元？衰老了？無力了？失去雄心了？

雖然無人有膽子說破，甚至沒有人敢在私下討論，但這種懷疑的沉重空氣卻沒有從地下皇城裡消退過。

一年又一年，十年又十年過後，「翦龍穴裡棲息著強大的王」這一句話，幾乎變成了扭曲的傳說。一種集體的自我安慰。

可忠心耿耿的白常，卻毫無動搖地相信血天皇始終無比強大，只是王有難以言說的苦衷，或是王打從心底瞧不起這個世界，認爲這個世界已無趣到不值得他多瞧一眼？

現在，愚蠢的美國人侵犯了神聖無比的翦龍穴。

王……

無知又膽小的美國人一定會對王使用槍砲飛彈……甚至是戰略核彈吧？

這意謂著，王即將被迫出手了吧！

「感謝美國。」

白常緩緩睜開了眼睛，眼角竟流出一滴白色的眼淚。

第518話

通往地面的祕蓋打開了。

一百名牙丸武士在震耳欲聾的直升機氣旋中翻滾竄出，呈現肉身防禦隊形，擁護著居中走出的尊者白常。

腦波一震。

白常的眼睛發出強烈的白芒，強行連結三百公尺之內的所有大腦。

酷愛打電玩的白器趁機躍出，瞄準大驚失色的美國人發動幻殺——

「惡靈活屍！邪靈入侵！」

上千頭張牙舞爪的活屍陡然出現在美軍陣地，一股腦奔向目瞪口呆的陸戰隊。

活屍們皮膚慘白、眼歪嘴斜、肢體動作猶如打了興奮劑的人形蜘蛛，帶有劇毒的口水在焦黑的牙齒上汩汩流出。

一時機槍大作，倉皇射向根本就不存在的活屍大軍。

自信滿滿的白能跟著躍出，一揮手，三十幾頭來自侏羅紀的大暴龍衝出！

「哈哈哈哈哈哈哈！看看你們能殺幾隻吧！衝啊！」

史前最強物種光是跑動起來便震天震地，海岸線整個大震動！

皮甲堅硬的暴龍肆虐，其凶猛的「刻板印象值」讓陸戰隊手中的機槍根本射不爆牠，手忙腳亂地搬出小型火箭筒開砲。

「活屍！哪來這麼多活屍！」

「朝暴龍的頭部開槍！小心尾巴！！」

「這是敵人的幻覺！不要怕！不要怕！啊啊啊啊啊快開槍！」

「我被咬啦！我被咬啦！軍醫！」

「閉上眼睛，不要看！一切都是幻覺！」

都是幻覺。

都是足以殺死人的幻覺。

即使閉上了眼，暴龍的尾巴還是將陸戰隊隊員的肋骨掃斷。

即使捂住了耳朵，活屍的爛嘴照樣咬在大家的脖子上，扯開粗大的頸動脈。

在「惡靈古堡」與「侏羅紀公園」聯手屠戮下，美軍陸戰隊被殺了個措手不及。

這兩個白氏小輩的幻術有效距離都不大，所以當近身的陸戰隊忙著對抗幻術之際，還在遠方的陸戰隊卻只看到自己的夥伴放著牙丸武士不打，卻盡朝空氣亂開槍甚至還誤殺同伴，大感莫名其妙。

不過，他們也無法置身事外太久。

白常的嘴角微揚。時間足夠了。

猶如磁暴，一股強烈的腦波從白常的雙眼之間震了開來。

「王！」

白常心念。

爲了慶祝即將被逼出手的王，他一舉將自己的幻殺能力提升到方圓四百公尺。

掀曲。

無數雙瞳孔瞬間放大。

四百公尺之內的所有景象都脫離了地心引力的控制，整個世界都在劇烈翻滾，連空氣裡的最小分子都在加速旋轉，每個人都坐在一台以音速行駛的雲霄飛車上，雲霄飛車越來越快，鐵軌越來越不穩，而身上的安全帶逐漸被超音速給撕裂……

二十幾台雷鳥直升機從空中墜落，落地成了火球。

數百名陸戰隊隊員雙腳跪地，連扣扳機的力氣都被扭曲的空間感給奪走，瞳孔放大，然後慢慢滲出血來。

這種超級幻殺可是無差別的毀滅，一百名貼身護衛白常的牙丸武士也無法直挺挺地站好，全摔在地上狂嚎，七孔流血。

至於白器與白能，即時竄出了四百公尺的範圍，各自帶著活屍與暴龍衝向陣地深處，他們要聲東擊西，以最好的攻擊爲前輩製造出最好的防守。

「我往左！」

白器大叫，活屍雖然威力不大，卻是以多爲勝。

「右邊我！」

白能的暴龍結界只有一百公尺，威力卻無比強大。

這兩名白氏小子的身手雖然遠遠沒有「神道」那麼矯健，卻也不是垂垂老矣的白氏尊者。他們一面施展幻術擊殺敵人，一面快速找尋隱匿身形的地方。

上千頭怪聲怪叫的活屍湧進了臨時醫療所，對傷者、醫生與護士進行大屠殺。

沒大腦只曉得橫衝直撞的暴龍衝進了槍林彈雨，將士兵狠狠踩扁。

怎辦？人類唯一可以用來與恐懼對抗的武器，就是不斷發射子彈，即使知道沒有作用，還是不停不停地扣下扳機。

「哈哈！差點就死了呢！」右耳整個被子彈削掉，白器嚇得一身冷汗。

「可惡，我也中彈了。」白能壓著左肩的傷口，鮮血不斷從指縫中滲出：「那些不長眼的子彈還眞麻煩！」雖在抱怨，口氣卻很興奮。

腎上腺分泌過度旺盛，口乾舌燥的兩個人大口大口喘著氣。

白器與白能都很年輕，所謂的實戰經驗不過是自己人與自己人同時施展幻術的「虛擬對決」，很不過癮，現在好不容易遇到了一展身手的機會，白能與白器心中的喜悅實在筆墨無法形容！

一時之間美軍陣地大亂，死傷慘重。

慢條斯理移動的白常，在兩子的掩護下已來到新的據點，腦磁風暴狂震開。

「歸零吧，愚蠢的人類。」

這次的幻殺結界是突破四百公尺的方圓五百公尺，可說是白常自己的全新領域。空間再度扭曲，瞬間摧毀一整支陸戰隊的精神意志。

三百多名訓練有素的人類戰士跪在地上，像嬰孩一樣哭鬧直到重度昏迷。

然後是四百名。

崩潰昏死的人類越來越多，速度也越來越快，留在陣地裡雷鳥直升機上的駕駛員已全數死去，而慢慢移動的白常也越來越靠近停泊在岸邊的美軍第七艦隊。

□

「完全摸不著頭緒啊！究竟……敵人的幻術到了什麼程度！」

一名艦長駭然，透過艦艇螢幕上的影像看到陸戰隊像白痴一樣死去。

如果讓這種幻覺攻擊繼續逼近的話，艦隊本身恐怕……

「要對陣地發射飛彈嗎？」飛彈官看著總指揮官安分尼上將。

艦對地飛彈已經瞄準了一片死傷狼藉的海岸線防禦點。

「……」安分尼上將沉重地看著畫面。

爲了艦隊的安全，已到了對自己人發射飛彈的地步？

他想起了一個小時前還坐在指揮艙裡、慢慢品味熱咖啡的「那隻」朋友。

「暫時，相信我們奇妙的盟友吧。」

百無暇

命格：情緒格

存活：一百五十年

徵兆：某種潔癖，說好聽是求好心切，講坦白是吹毛求疵，對任何細節都斤斤計較，此命格的宿主很可能是優秀的藝術家，也可能是一個人際關係很緊張的優秀藝術家，但更可能是一個人際關係很緊張的假藝術家……太多人以為講究細節，就代表專業，很可能你只是一個只能看到細節的工匠。

特質：命格吃食宿主某種自戀的心情而茁壯，進而在進食的過程中慢慢扭曲宿者的性格。

進化：仙女下凡

第519話

手錶上的秒針持續異常地停滯。

這一邊，倪楚楚陷入了莫名的極樂快戰。

對倪楚楚來說，以一打多不算什麼，以一打海才是戰鬥的王道。

咒化出的上千子彈蜂群在牙丸武士間飛速穿梭，殺敵無數，加上子彈蜂本身就黏著了「萬念俱灰」的命格之力，一邊將絕望感滲透進敵群中，摧毀敵人的精神力量。

「哪來這麼多怪蜂！到底要怎麼打啊！」

「這是美國人的生化武器吧！」

「火焰槍！快去搬火焰槍來……啊啊啊啊啊！」

「小心有些蜂會爆炸！小小眼睛！」

的確「火」與「煙」都是蜂群的剋星，這兩樣東西戰場上到處都是，可倪楚楚集中精神，在意念中將六千隻的咒蜂一一編隊：「速度最快負責主攻的子彈蜂」、

「毒囊特化過的裝甲蜂」、「耐熱力最高的撒哈拉巴棗蜂」、「擁有神經劇毒的藍蠍蜂」、「負責偵察的迷隱蜂」、「能在屍體上迅速繁殖的大咒母蜂」、「負載命格能量最高的蚯穴蜂」、「喜歡在敵人耳朵裡迅速產卵的柔蜂」、「自爆時毒液可以噴瞎敵眼的死酸蜂」、「可以簡單醫療其他蜂群的汗貉蜂」等多達一百四十種咒蜂……

編隊後再精密地操縱蜂群，各戰鬥單位間分工合作、彼此支援，這樣細緻化的腦力全賴倪楚楚平日絕不間斷的大量閱讀所訓練，即使是烏拉拉那樣的天才也做不來如此多工的腦攻擊。

起先只是在巷弄裡消滅了幾個小隊，到了後來，倪楚楚竟開始在大街上與整支武裝軍隊交鋒起來，殺得非常過癮。

書恩與鎖木緊緊跟著倪楚楚消滅欺近的小兵，讓倪楚楚專注應付吸血鬼大軍，不知不覺三人已離與兵五常約定的活動範圍很遠……

「怎麼辦？兵大哥脫隊很久了！」書恩一直很緊張。

雖然「公認的時間」莫名地靜止，但意念裡的時間感覺大約過了一個小時吧？

「那自大狂習慣了單打獨鬥，暫時不會有問題。」倪楚楚全身冒著淡淡的蒸氣，嚴肅道：「專注眼前的敵人，你們還沒厲害到可以分神關心別人。」

「吸血鬼的攻勢好像暫時被人類壓制住了，看樣子東京十一豺被高手給封鎖了。」鎖木一拳將發現倪楚楚位置的牙丸武士給揍倒。

「……夜晚還很長呢。」倪楚楚凝神。

漸漸地，書恩鬆了口氣。

她心想，如果一整個晚上都只是像這樣收拾小兵就好了，反正自己絕對打不過那些高手，唯一能貢獻的便是守護倪楚楚吧。

「十分鐘」過去。

這條大街的牙丸武士盡數遭到倪楚楚的咒蜂部隊給殲滅，人數至少在一千人上下，屍橫遍野慘不忍睹。

倪楚楚沒有將蜂群全數召回，只收回了一半到自己身上化成咒字補充能量，其餘一半繼續往前飛衝，領在頭尋找下一群倒楣的敵人。

蜂群後，三個獵命師快步奔跑，由鎖木押後警戒。

「要不要休息一下？」書恩注意到倪楚楚的表情有些疲憊。

「哼。」倪楚楚不置可否。

整天下來毫不間斷的戰鬥，已漸漸過了最興奮的屠殺高潮，精神的確很困頓。休息很好，也很必需。

但矛盾的是，現在的自己雖累，但整體狀態卻勉強維持在巔峰，如果休息緩一緩，精神一鬆懈，勢必很難再回復到這麼好的狀態。

還能維持在巔峰多久？

不知道。

要繼續嗎？

當然！

倪楚楚也很好奇自己的極限。

畢竟，以往根本沒有這麼多的敵人可以這樣一波又一波測試自己的咒術底線。

或許對每一個高手而言，戰鬥的人生至少有兩大課題。

一，自己到底可以達到多高的境界。

二，找到足以令自己傾全身全靈一戰的強敵。

眼下便是此一關鍵時刻了。

「注意了！」

倪楚楚凝神，飛在最前方的偵測蜂群發現異樣。

果然前方大街口轉角又出現了一大群牙丸武士軍團，人數與剛剛那一支武裝部隊不相上下，只是噴火槍的數量至少較上一支部隊要多了三倍，甚至還有人拿著瓦斯煙彈。

「很好！有多少殺多少！」

倪楚楚迅速躲到一旁的偏巷裡，閉上眼睛：「化蜂咒——蜂炎蜂雨！」

刺在皮膚上密密麻麻的咒字重又化蜂，倪楚楚再度傾力出擊。

「前面黑壓壓一團是什麼？是蜂！敵人放蜂！」

「不要自亂陣腳，放煙！前面先放煙！」

「噴火槍通通散開，前面站一排，自己人不要噴到自己人！」

「來了！來了！不要亂開槍！好！放火！」

這次遭遇蜂群襲擊的牙丸武士軍團，比起前幾波的血族更鎮定許多，先是遠遠擲出瓦斯煙彈作亂蜂群，然後用噴火槍築起一道又一道的火牆，成功阻止咒蜂在第一時間的衝刺。

有條不紊，血族武士們確實地用「火與煙」與蜂群對抗。

鎖木皺起了眉頭，暫緩了攻擊。

遠遠地，倪楚楚很辛苦地指揮咒蜂戰鬥，陷入了生平最艱難的苦戰。

「有點不對勁啊……」鎖木慢慢開口。

「？」書恩不解。

「我們已經在這條附近的街區繞了很久，吸血鬼卻一直殺不完？」鎖木猶疑。

書恩疑惑地看了鎖木一眼。

東京不就是吸血鬼的大本營嗎？此時不就是人類與吸血鬼的決戰時刻嗎？我們在大街上充滿敵意地亂逛，碰上的吸血鬼若不多才奇怪吧！

「可疑的，不只這個區域的吸血鬼殺也殺不完。」鎖木一邊整理思緒，一邊慢慢推敲：「從剛剛我就注意到，有幾個人一直重複著固定的句子，語氣也不那麼自然。」

「所以呢？」

「不說一開始遇上的小隊，我們遭遇到四大波可以稱得上軍隊的牙丸武士團，第一波根本沒有噴火槍，也沒有瓦斯煙霧彈。第二波開始有這些武器，第三波就慢慢多起來。現在是第四波，瓦斯煙霧彈跟噴火槍的數量相當可觀，好像事先知道敵人會是一大群蜜蜂似地？」

一直專注在操蜂戰鬥中的倪楚楚艱難地半睜開眼：「你要說什麼？」

「更重要的是，我覺得這些牙丸武士的臉孔……五官差異性不大，不是一模一樣，卻有一股說不出來的呆板。基本上，爲了更加確認我的猜測，我剛剛刻意觀察與我交手的幾個牙丸武士，有幾個好像在前三波的衝突中都有印象。」

書恩與倪楚楚看著鎖木，等待他最後的結論。

鎖木頗有深意地看向四周，堅定地說……

「我想，我們中了幻術伏擊。」

第520話

這城市裡沒有眞正安全的地方。

高台之上，十幾個牙丸武士全神戒備，團團圍著一個白氏貴族。

備受保護之中，不算老也不算年輕的白導閉著眼睛，全身散發出蒸蒸白氣。

印象中，活了四百年來都沒有遇過這麼棘手的敵人了。

蜜蜂啊……沒想到蜜蜂也可以變得這麼厲害。很多希奇古怪的戰鬥種類根本不是這個世界上自然存在的吧？想必「那個女人」也是用了很多咒語在培養那些小怪物吧。

突然白導有點羨慕粗鄙的「神道」。

擁有白氏幻術的血統，神道組織卻毫無格調、卑賤地在世界各地跑來跑去，到處用幻術戰鬥……用幻術殺人……他們所遭遇到的敵人應該不乏好手吧？像那施怪蜂的女人般的高手，不曉得這個世上還有多少？

「厲害，好厲害的女人……」白導微微點頭。

自發現了倪楚楚跟她那群蜂不斷殺擊牙丸武士許多小隊後，白導便在牙丸武士的保護下快速移動，跟著倪楚楚與鎖木、書恩等人施放幻術，避免倪楚楚眞的擊潰太多牙丸兵團。

比起其餘白氏貴族所擅長的幻術能力，白導虛擬製造出的幻術物質「寫實」得多、範圍也大得多、數量也多得嚇人，他能夠在二十分鐘內一口氣製造出一千兩百多名牙丸武士，除了兵器外並給予一定的精密操作、組織戰術，且能令他們以語言彼此吆喝，而非只是沒頭沒腦地衝衝衝而已。

如此才能取信敵人——眼前的軍隊是眞實存在的！

原本牙丸無道給予白導的任務，是用一波波的牙丸軍隊幻象牽制美軍陸戰隊，可能的話，加以殲滅更好，豈料遇上了比陸戰隊更可怕的倪楚楚，這一纏，就是一整個沒完沒了。

這下好笑。

倪楚楚沒眞正殲滅多少牙丸兵團，可白導也沒牽制多少美國陸戰隊。

爲了有效對抗倪楚楚的咒蜂部隊，白導慢慢加入越來越多的火焰槍與瓦斯煙霧彈，強化每一波牙丸軍團在蜂群攻擊下的生存機率，這個調整也的確奏效，讓倪楚楚陷入前所未有的苦戰。

只是白導很苦惱，縱使倪楚楚的蜂群無法擊敗他，他也一直無法徹底殺死倪楚楚的蜂群。

一來一往的較量，除了考驗腦力對戰鬥部隊的精密操縱力，還考驗著彼此的決心，看看是倪楚楚的蜂群先失去控制而垮掉，還是自己的腦能力越來越衰弱無法製造出新一波的牙丸兵團。

這是一場大將間的耐力之賽。

至於跟在倪楚楚旁邊的兩個小跟班，白導根本瞧不上眼。

不管這兩個人單打獨鬥有多厲害，要不是有層層蜂群掩護，幾百個牙丸武士一齊壓上去，還不是被幻覺碾成肉醬！

漸漸地，二十分鐘的腦力極限又要到了。

這次至少要好好休息十分鐘，才能製造出下一波的千人吧……

「女人……這一波大概還是輸給妳了，但下一波我會增加多一倍的火焰槍跟瓦斯煙幕彈，應該就能將妳擊垮了。」白導自言自語，累得有些暈眩。

忽然，高樓底下蜂群的整體動作凌亂了起來，不僅出現了好多縫隙，還瞬間散了三分之一，失控的蜂群往四面八方散飛出去……

顯然是那女人的精神力接濟不上，導致整體控制力變差！

「有機會？」白導心念一動。

說不定不用靠下一波攻勢，這次集中意念便能用幻術將開始散漫的蜂群擊敗！

加碼！

加碼更強的集中力！

「大夥跟上！後面的快幫火焰槍補充燃料！」

「衝啦！這些怪蜂快被我們殺光啦！衝啊衝啊！」

被幻覺製造出的牙丸武士們，在大街上張牙舞爪地演出攻防好戲。

「不要怕！往前推進！放火！」

「手榴彈往前扔！往前扔就對了！炸死那些該死的小東西！」

嗡。

默默地，無人注意一隻毫不起眼的迷你小蜜蜂停在一個牙丸武士的肩膀上。

白導施術的畫面，透過小蜜蜂的眼睛瞬間傳到了倪楚楚的腦海中。

嗡。

嗡嗡嗡嗡。

嗡嗡嗡

數百隻子彈蜂以最快的速度衝到高樓之上，朝白導的位置飛來！

「被發現了？」

白導愕然：「……不可能……我的幻術應該很完美啊！」

十幾個真實存在的牙丸武士抽刀應戰，瞬間被槍林彈雨般的蜂群淹沒。

咒蜂同樣擁向白導，百枚刀刃般的毒針刺進了他的心口。

仰著天，白導瞪大眼睛。

幾隻子彈蜂直接穿進了他脆弱的瞳孔，暴射進他的大腦。

大街上的牙丸武士兵團瞬間消失。

火焰、煙霧、屍體，連空氣中迴盪的吶喊聲也不剩。

「原來白忙了一場。」

倪楚楚背靠著角落破牆，困倦地嘆了一口長氣，幾乎要暈死過去。

數千隻搖搖欲墜的咒蜂慢慢飛回倪楚楚的身上，藟化作一個個咒字刺青休息。

折騰了大半天，僅僅殺了一個能力跟自己有異曲同工之妙的幻術高手？

根本沒折損吸血鬼的軍事主力部隊嘛！

很瞎。

心中卻無比的滿足。

盲射

命格：情緒格

存活：兩百年

徵兆：新聞常見的性錯亂，但現實生活中還是很罕見。例如強暴鴨子的人，強暴母狗的人，強暴猴子的人，強暴馬的人。但也有硬要跟狗做愛的猴子，硬要跟馬做愛的猩猩，此命格不獨發生在人類身上。

特質：命格會造成宿者的性錯亂，吸取宿者亂七八糟的性意識作為能量，此命格寄生在雄性宿者身上的機率遠高於雌性，不過沒有獵命師想特別研究為什麼。必須說明的是，不同物種之間的性愛關係，雖不被社會大眾所認同，可也有少數獵命師持平地認為做愛就是做愛，也是一種真愛的表現。

進化：監獄裡的公共廁所（再度強調，這不是命格，而是一種人生狀態）。

第521話

地一震，又一震，一直在震震震。

雖進入了肉搏熱戰，雙方互相的遠程炮擊卻越來越頻繁了。

錯綜複雜的數百條小巷子，是另一種扭曲的戰場。

這種亂局最適合變態的「嗜獵者」滿足他們的殺戮慾望了。他們根本不是爲了接應人類的陸戰隊而來，而是，一直想嘗試光明正大地在血族的老本營上頭亂殺人。

「指甲男」已經刺殺了八十多個牙丸武士、十多個落單的陸戰隊隊員。

「卡車阿撞」也盡情砲掉了數不清的血族……以及一些不走運的陸戰隊，還順手朝一間躲著上百名無辜老百姓的便利商店裡扔了顆火焰彈。

他們各自亂殺一通，終於，在這條巷子的兩頭遠遠看到彼此。

「怎麼樣？戰果如何？」指甲男大聲打招呼，一邊甩著手上的鮮血，一邊走向卡車阿撞這頭：「借顆火焰彈玩玩看好了。」

「超爽的，吸血鬼乾脆把時間控制了，真是太周到啦！」卡車阿撞朗聲打招呼：「希望白天永遠不要來就對啦！」一邊將一串特製的火焰彈甩在手上。

兩個殺人變態在昏暗的巷子中央正要碰頭的時候，忽然，一股強大的殺氣出現在巷子尾端。

太明顯了，這殺氣完全沒打算隱藏，還有那吸血鬼的氣味……

指甲男與卡車阿撞同時朝巷子尾一看。

拿著雙刀的高大男子，帶著有點慵懶散漫的眼神，正慢條斯理走進巷子。

宮本武藏，正仰仗「逢龍遇虎」搜尋陪他過招的敵人。

「拿著雙刀……」指甲男冷笑，才沒在怕：「是宮本武藏吧？」

「沒想到可以砲掉這種等級的貨色。」卡車阿撞拉開手上的自動火炮，裡面沉甸甸裝滿了高速火焰彈：「很好，很好。實在是太好了。」

兩人肩並著肩，對等一下即將發生的對決躍躍欲試。

不疾不徐，宮本武藏慢慢走近。

卡車阿撞舉起手砲，指甲男也將殷紅的刺刀耍了起來。

蹭！

此時轟然一道極爲尖銳吵雜的噪音，硬生生穿過指甲男的肚子。

指甲男愕然看著自己肚子上……一截快速轉動的電鋸，完全無法理解。

卡車阿撞本能地後退一步，這才看清楚發生在指甲男身上的事。

一個戴著人皮面具的超級巨漢，將老舊的鏈條式大電鋸從指甲男的背後插進，再**蹭蹭蹭蹭**地亂磨指甲男的肚子。

電鋸在尖嚎，指甲男也在尖嚎，腸子稀里呼嚕噴了出來。

這……怎麼可能？

這個巨漢看起來如此笨重，怎麼可能無聲無息走到兩人身後來上這麼一招？

「去死吧！」

卡車阿撞快速絕倫地舉起手砲，對著一旁的電鋸巨漢的臉扣下攻擊拉掣。

轟！

手砲是擊發了，但準心遠遠地偏了，朝著天際亂轟了出去。

因爲看似極爲笨拙的巨漢，用極不合理的慢速度將大電鋸從指甲男的肚子裡抽了出來，隨即往前斜斜一劃，將卡車阿撞連手帶砲地切了下來，血淋淋的手臂被炮擊的後座力遠遠震飛。

卡車阿撞目送斷手飆著血飛走之際，想舉起另一隻手砲再轟一發，卻也沒機會了。大電鋸慢慢砍在他的左手肩膀上，直直地砍下，和著細細骨粉的血水紛飛四濺。

卡車阿撞眼睜睜看著這充滿種種不合理的電鋸巨漢，將自己的兩條手切下。

電鋸巨漢的眼神是無盡的空洞黑暗，令卡車阿撞陷入一種恐怖的茫然。

趁著電鋸巨漢料理卡車阿撞時，尚未死絕的指甲男以刺刀從背後猛刺巨漢，大叫：「別太得意……拖你一起下地獄！」

抱著同歸於盡的發狂態勢，指甲男一刀又一刀從背後刺進電鋸巨漢的心臟部位，瞬間連刺了十幾下，就算是大象的心臟也給刺爛了。

？

電鋸巨漢卻完全沒有理會，連轉身也沒有，只是微微彎下腰，專業地將電鋸擺在卡車阿撞的兩腿之間，然後慢慢地、異常緩慢地往上鋸鋸鋸鋸鋸鋸……

「啊啊啊啊啊啊啊啊——呀呀呀呀呀——」卡車阿撞叫得像個小姑娘似地。

聽到這娘砲鬼叫聲，指甲男終於虛脫無力跪倒。

他哇哇嘔出一口鮮血，腳邊都是自己跟卡車阿撞混在一起的腸子。

慘了。

剛剛把力氣都花在試著殺掉這個電鋸變態上面，現在已沒力氣殺死自己了。

跟卡車阿撞一樣，等一下自己也是被這電鋸慢慢切成一塊一塊的吧？

然後，自己也會很不合理地拖了很久才死吧？

慘了。真的慘了……

瞎搞了這麼久，宮本武藏慢條斯理的步伐當然來到三人之間。

「幹得好，歌德。」

宮本武藏與電鋸巨漢擦肩而過時，嘉許地拋下了這麼一句。

「……」電鋸巨漢沒有轉頭打招呼。

他兀自拉動粗重的馬達鏈條，專心地用手上的大電鋸進行很不精密的手術。

蹭蹭蹭蹭蹭蹭蹭……

宮本武藏走出巷子，又進了另一條巷子。

他沒有收刀，今天晚上根本沒有還刀入鞘的必要。

第522章

扭曲。

不管有多少個陸戰隊，只要在致命的腦射程內，人類兵敗如山倒。崩潰，口吐白沫。抽搐，肝腦塗地。

眞迷人啊！

不管經過多少年，這樣宰殺食物的方式還是令人陶醉！

致命的腦磁風暴再度吹垮了數百戰士的腦袋，那一張張死前扭曲的臉孔，讓白常殺得心醉神迷。

一想到自己是在爲王開路，原本極限是五百公尺的幻殺結界，彷彿又可以繼續突破擴大似地……

被侵犯的王，是不是也差不多該啓程了呢！

王的風采！王的壓制性！王的無敵！
天啊！自己竟能為王打頭陣！
到底王的招式會是什麼呢！
王的絕招！王的絕對暴力！王的……

「了不起的幻術。」

前方嚴重扭曲變形的空間，慢慢被一股強大的力量給強制導正。
四周景象的線條從抽象畫的瘋狂層次，被拉扯成合理堅硬的實際線條。
不斷逼近艦隊的恐怖幻覺，終於遇上了一堵難以滲透的「精神之牆」。
白常前方的空間回歸正常，但白常後方的空間持續歪七扭八。
很明顯，敵人正在不遠的前方。
一隻老態龍鍾的黑貓，坐在艦艇前端的甲板上。
瞇著略微渾濁的眼，冉冉搖動毛色稀疏的尾巴。

獵命師的大長老，人類世界最終極的希望，白線兒。

「白器，白能。」

白常淡淡地說：「這裡不是你們該留的地方，有多遠，走多遠。」

他沒有實際開口，而是將意念用精神力無遠弗屆傳送到同族後輩的心底。

大長老白線兒倒是說話了。

「有了敗北的預感，所以開始交代遺言了嗎？」

白線兒看似輕鬆，實際上也是頗感吃力。

幻術有很多種，大抵可用三個層次來說明。

最基礎的幻術是虛擬基礎的感覺，比如讓舌頭出現酸甜苦辣的味覺，讓身體出現過冷或過熱的極端知感，讓胃錯以爲飽足，讓皮膚覺得癢。

再來便是憑空製造「實物」，比如怪獸，比如鬼物，這牽涉到非常複雜的虛擬技術，一方面仰賴受術者本身的想像力資料庫，一方面又得擬眞出怪獸的動作甚至皮膚的光澤等細節，當然了，還得擬眞出怪獸特殊的攻擊形式。

最終極的幻術卻又回歸到最基礎的「感覺」，卻是更進一步虛無縹緲地強化出強烈的錯覺，比如極端的寒冷、極端的炙熱、顚倒的鏡像世界等等，而白常的幻術能力又是這一種最高階能力的極品——扭曲的高速雲霄空間。

這種幾乎是最高等級的幻覺之力，如果交給殺人公、殺人婆聯手對抗，恐怕只能與同歸於盡的姿態對抗，敗死的機會還高些。

此時此刻的大長老白線兒，正以自己數千年修行把持意念，用強大的精神力將咆哮扭曲的虛擬空間導正。

只要有一點點的鬆懈，白常的惡念就會滲透破壞，將「精神之牆」崩毀。

極度扭曲，強烈變形。

白常不斷強化腦波，不再朝四面八方發散，而是集中向白線兒攻去。

積存了八百年的深層腦波越來越強，強烈到在空氣中呈現肉眼勉可辨識的噴燄型態，猛吹著坐在艦艇甲板上的那隻老貓。

原本已經導正了的空間，大長老白線兒周遭的景象又開始慢慢扭曲，艦艇的線條如同遭到核彈攻擊後的大樓鋼筋，因異常的高熱而枯槁。

「……」

而白常的眼睛散發出的強烈白光，已令他的半張臉都亮了起來，太陽穴上的青筋高高鼓起，充滿靜電的頭髮也冉冉飄浮，這可是他前所未有的集中精神。

大長老白線兒搖搖頭，咒力激盪。

牠身經萬戰的精神力超凡入聖，周遭扭曲的空間又給重新導正了一大區域。

白常深深嘆了一口氣。

「八百年來，我不斷聽聞你的傳說。」

白常雙瞳中的白光黯淡下來，四周的扭曲空間緩緩恢復正常：「姜子牙的貓，獵命一族的最高者，我引以爲傲的幻術對你果然無效……到了最後這一刻……」

扭曲的空間完全消失，白常的身軀也搖搖欲墜。

「哼。」

大長老白線兒睥睨著這後生小輩：「終於又要說一些，能死在你這種高手的手上，此生也無憾了的千古廢話嗎？」

白常無言。

在臨死之際，的確想說一點這樣的感嘆詞。

但這樣的感嘆詞，難道是眞心讚美打算殺死自己的敵人嗎？

「不過是抬舉自己的話。」

大長老白線兒想起了生平許許多多的敵手。

諸如……

強者如你能當我生平最後一個敵人，實在是太好了。

感謝上蒼，我終於找到能夠奮力一戰致死的對手……

如果是你，我欣然接受命運這樣的安排！

這世上竟有如此高手，這樣的慘敗是我死前最大的榮幸！

以上通通都是，自我抬舉的垃圾話。

說穿了不過是安慰自己的場面話，拚命告訴自己、說服自己，自己死得很有價值，因爲了結自己的是高手中的超級高手，這樣的超級高手殺死自己，自己可說是死得毫無遺憾。甚至，在死前還能夠露一手讓高手吃驚，走得可說十分漂亮，這樣的敗北絕對是每一個武者的夢寐以求！

聽多了，白線兒感到想吐。

比起在大海上的恐怖惡鬥……

比起大陰陽師安倍晴明到了最後一刻，還是憤怒地想妖化成九尾狐、拚命扳倒敦煌太陽鳥的那股戰鬥執著……那才是眞正的不屈不撓。

「我根本不想知道你的名字，完全沒這個必要。」

大長老白線兒露出鄙夷的神色：「收拾你後我便會忘記你的模樣，甚至能力，你不過是一個很會安慰自己的老吸血鬼。」

老戰士白常苦澀地看著這隻老貓，完全無法反駁。

驕傲的他，此時竟覺得自己很丟臉。

很丟臉，很丟臉。

不僅無法獲得敵人最後的敬意，甚至也無法得到一絲同情。

強敵扔給他的，僅僅是一語戳破的嘲諷。

「把手舉起來！舉起來！」

幾個死裡逃生的美軍陸戰隊隊員戰戰兢兢持槍走了過來，緊張地瞄準白常。

白常沒有舉手。

當然沒有舉手。

一隻腳狠狠踹上白常的腰，大喝：「趴在地上！」

白常身子微晃，反瞪了踢腳的陸戰隊隊員一眼。

這一眼讓人很不爽，不知哪個無名小卒率先扣下了扳機，廉價的衝鋒槍子彈穿透了白常單薄的胸口，扭曲的子彈頭帶著血水與碎骨，噹噹噹落在地上。

高貴的白氏鮮血灑上了海岸線，老戰士軟軟摔倒。

槍聲未停，幾個陸戰隊隊員洩恨似地朝白常的屍體踐踏掃射，直到屍體完全無法辨認才住手，破掉了的腦袋還給重重踹了一腳。

「我甚至沒有殺死你。」

大長老白線兒啐，化作一道黑色閃電消失。

凍結的時輪

命格：未知

存活：約一百年

徵兆：很遺憾地，遭到此種命格寄生的宿主，通常都是「植物人」等疾病的發症者，宿主會陷入長達數年甚至數十年的長眠。

特質：透過命格，時間以特殊的形式「轉寄生」在宿主身上，當宿主漸漸老去，時間卻完封不動地被儲存下來，命格在完成儲存不定量的時間後便會離開宿主。雖然僅需約一百年即可形成這種命格，但獵命師對它的研究卻十分稀少，也缺乏如何使用它的理解。

進化：缺乏文獻。

第523話

對所有的權力者而言，「年齡」都是非常重要的一項尊榮指標。

年輕人講求實力，年長者講究輩份。

實力與輩份兼而有之，才能打造穩固的權力結構。

可不管在哪一個組織，到了最關鍵的金字塔頂端層級，輩份的重量會超越實力，畢竟不管再怎麼有實力的人，都得承認自己有一天還是會變老、漸漸喪失實力的純度。

尊敬老人的潛在意義，就是為了往後的自己著想。

在地下皇城裡，年紀超過八百歲的白氏尊者一共有五位：以白無為首，還有白喪、白常、白苦，與白圓。

原本這樣的尊者陣形該有個集體的稱號，比如「白氏五尊」或「白氏五絕神」之類的，叫起來更有氣勢……但白無等人斷然拒絕了這樣的提議。

問題出在於白圓。

罕見地，活了九百零七歲的老者白圓，一直得不到大家的尊敬。

白喪的獨眼巨人幻術，白常的空間扭曲之術，白苦的噴火飛龍大陣，白無的無限壓力大術，都贏得血族莫大的尊崇。甚至是後生小輩白能與白器幼稚不堪的侏羅紀暴龍群、惡靈古堡活屍大軍等，也擁有許多支持者，可偏偏白圓引以爲傲的莊嚴幻術……

「嗯。」白喪面無表情。

「嗯。」白常眉頭一皺。

「嗯。」白苦不置可否。

「……」白無轉頭就走。

只要見識過白圓喜孜孜展現出的幻術內容，每個白氏長者都不再與他交談。

「不解！我眞的不解！」

看到大家的表情，白圓總是忿忿不平：「我一定是有才能的啊！」

他想跟白常交朋友，白常遠遠看了他便面露鄙色，令他自卑不敢親近。

他想找白喪喝茶賞夜櫻，白喪老是推託沒有時間，快步離開。

他想找白苦切磋幻術，提議彼此提升一下，可白苦總是對著他不發一語地冷笑。

至於皇城傳言中當今最強的白氏貴族，白無，白圓自己又不敢過去說話。

與他同輩的白氏老者不想跟他交朋友，白圓就夠火大了，偏偏白氏貴族裡幾個兩三百歲小毛頭，平時見了他也不主動打招呼，眞碰上了，也盡是一些：「好的好的」、「我會再仔細想想」、「是是，您言之有理」、「那就不耽誤前輩的時間了，小輩告辭……」無關痛癢的場面話，說完了就快閃，令白圓爲之氣結。

白圓一直擠不進上層血族的交友圈，卻也不屑向下層發展。

要白圓放下身段與牙丸武士們一起喝酒大醉，他又打心底看不起那些庸俗的武夫，遠遠看見牙丸武士走來，便往地上啐出一口濃痰。搞到最後沒有牙丸武士自願保護白圓，而白圓也假裝：「哈！正好我也不想！」

不管到了哪裡都是格格不入。

他態度高傲，但卻比誰都自卑。

凡人沒有朋友就夠落寞的了。

偏偏，活了九百多年的老吸血鬼，沒有朋友的滋味可是……

長久下來，白圓越來越孤僻，性格也越來越偏激。

——白圓的性格開始朝更畸形的方向突變。

「這場戰爭，是天帝賜給你們這些愚民的懲罰！」

聽聞了血天皇示下全面戰爭的許可後，白圓一直處於非常亢奮的狀態。

「不過……也好……很好……」

白圓猛抓著自己雪白的光頭腦袋，喜不自勝：「我要藉著這一場戰爭告訴世人，到底誰才是血族眞正的守門人！只要我展現出我美麗的幻術之技，敵人就算是死！死前也會不禁感嘆……原來這個世界上竟有如此美麗又莊嚴的死法！哈哈！哈哈哈！」

白苦在F22猛禽戰鬥機的圍攻下壯烈犧牲了，讓白圓大感高興。

本來就是嘛……敵人若不強，怎麼突顯出自己厲害呢？何況那些噴火飛龍跟他的幻術比起來，根本就是太醜陋的貨色，白苦死得好，死得呱呱叫別別跳。

至於驕傲的白常想逞英雄，眼巴巴跑去人類重軍把守的海岸線放絕招，白圓暗暗祈禱他不要成功，最好死得非常難看，要不然所有的光彩都給白常佔走了。

「贏，就要贏得美麗！贏得莊嚴！」

現在，該是自己上場的時候了……

第524話

原宿，表參道。

白熱化的一級戰區。

在西班牙獵人團「鋼鐵雄心」三十位頂級戰士的協助下，極短的時間內美軍就在這裡建立了互相支援的三個防禦點，居首功者當然是鋼鐵雄心的隊長喀斯特爾，他不僅驍勇善戰，還精於指揮，潛伏在東京的這幾天，更是將原宿一帶摸透透。

三個防禦點架好了裝甲坦克，八台雷鳥直升機高空盤旋壓制，無比堅固。

而現在，來到了今晚最關鍵的時刻。

久攻不下的牙丸兵團，終於在自衛隊的神風式掩護下，大批突入了「第四個防禦點」，聲勢驚人，眼看就要站穩腳步。

「好……所有人準備……」喀斯特爾用無線電指揮，下令：「衝出！」

牙丸禁衛軍聯合日本自衛隊一起打了許久，仍無法將原宿整個攻回，現在反而將兵團的主力導入了喀斯特爾設計製造出來的「假弱點」……亦即，喀斯特爾製造出第四個火力空虛的防禦點，誘使牙丸兵團長驅直入後，再整個從三個防禦點衝出陸戰隊的機槍海——砰砰砰砰砰砰砰砰聲不絕於耳。

「中計！中計快撤！」

「前面都是陸戰隊的埋伏，快撤！」

「別撤！往前衝還有機會……哇哇哇……」

血族本以爲不熟悉地形，又對夜晚情勢評估保守的美軍陸戰隊，會在辛苦建立好的防禦點裡龜起來防守，完全沒料到人類會有勇氣衝出來包抄。

牙丸部隊前面的要撤，後面的要衝，於是一場瘋狂的機槍屠殺於焉展開。

一直在遠遠高處觀察的白圓忍不住整理起衣領，乾咳了幾聲。

危急的時刻，血族最悲慘的那一秒，就是自己在這一場巔峰之戰登場的聚光燈。

「愚蠢的子民，我來拯救你們了！」

白圓閉眼，旋即睜開，瞳孔深處綻放出激烈的白光。

不愧是實力高強的白氏尊者，完美又迅速的幻術發動速度！

！

擔任斥候的鋼鐵雄心獵人團的團員，登時目瞪口呆：「隊長！」

正在指揮大屠殺的喀斯特爾也愣住了。

這是什麼？

一百個赤身裸體的光頭老人，頂著皺巴巴的臭皮囊莫名其妙出現在半空中，渾身散發出淡淡的金光。老人面相慈藹，笑容可掬，看起來沒什麼惡意，還慢慢跳起了舞……

是的，是跳舞。

搭配著光頭老人慈祥的笑容，展開了姿勢非常奇怪的舞蹈。

噘嘴，扭腰，擺舌，抽筋似地踢腳、翻白眼，匍匐在半空中像中毒的蚯蚓蠕動，所有一切都超怪的，好像只要身體確實有在動，就符合了舞蹈的定義似地。

半空中一百個裸體老人亂七八糟地舞動，雖很詭異，卻煞是壯觀。

隱隱約約，還有曲調古老的悠揚音樂傳入眾人的耳際。

「這……」身經百戰的喀斯特爾很迷惘。

「隊長，爲什麼……那些老人要拿……」一旁的獵人團團員也很茫然。

「我也不清楚。」喀斯特爾的脖子都看歪了。

舞蹈本身就夠詭異了，偏偏光頭老人在跳這個舞，手裡還拿著一把鏟子！

浴血衝鋒的牙丸武士呆呆地停下腳步。

陸戰隊也暫時停止扣扳機。

雷鳥直升機上的駕駛員也忍不住制式地盤旋。

所有人都很不解地看著浮在半空中的光頭老人跳舞。

也沒有人理解爲什麼老人跳舞要拿著鏟子。

裸體老人一直跳，一直跳，拿著鏟子盡做一些歪七扭八的怪姿勢，有時還向四面八方拋媚眼，弄得血族與陸戰隊瞬間一陣哆嗦。

「吾乃天帝，此乃天地萬物間最美的佛舞——邪曲善妒的眾生，在欣賞完美妙的天帝佛舞之後，萬惡的心靈將得到淨化，這世上便不需要戰爭……」

長期認爲自己是天帝轉世的白圓，靜靜地在遠處欣賞自己的傑作，深受感動。

象徵十全十美，那一百個被幻術製造出來的裸體老人，完全是依照自己的長相一模一樣打造，氣質體態與肢體動作全都與自己一樣，可說是極盡完美的……美佛！

「感謝天帝吧，臣服在美佛之舞下！」

第525話

這算是窘境嗎？

喀斯特爾想警戒，卻又不知道該怎麼警戒。

千眞萬確這一定是敵人的某種招式，但爲什麼……爲什麼是這種招式？

感覺沒什麼殺傷力啊？頂多只是感到噁心想吐，但除了陸戰隊外，血族那裡好像也滿多牙丸武士看起來很不舒服啊！

「喀斯特爾，要將那些老人射下來嗎？」負責此防禦點的陸戰隊隊長很不舒服。

「先瞄準吧？一有不對勁再開火。」喀斯特爾盡量冷靜，不斷深呼吸。

那些裸體光頭老人，就這麼一直跳跳跳跳跳，跳跳跳跳跳，跳了滿長一段時間後……然後又跳跳跳跳跳跳，跳跳跳跳跳！

每次好像快要停止了，就又忽然全身抽動一下繼續跳跳跳，跳跳跳，扭來扭去亂跳個不停，拋媚眼的頻率也越來越頻繁，時不時還趴在半空中像小孩子哭鬧。

到了最後，裸體老人開始自虐，有人拿鏟子敲自己的頭，有人狂甩自己巴掌，有人互相拿鏟子硬刺對方的太陽穴，其中有些老人更拿鏟子狂鏟自己的生殖器，還露出痛苦萬分的表情。

的確，物理學上的時間是靜止了。

但很不幸，心靈上的時間兀自轉動著……

終於，其中一個剛剛衝到最前方的牙丸武士看著陸戰隊的機槍，神色焦躁地說：

「別管那些光頭變態！我們繼續吧！」

美軍陸戰隊的機槍聲大作，牙丸武士持續冒死衝鋒，兩軍接續著剛剛未完的對決，渾然不將那一大群在半空中跳舞的老人當一回事。

槍聲，砲聲，刀砍聲，吶喊聲。

原宿再度陷入沸騰的戰鬥狀態。

「夠了！什麼光頭！什麼變態！」

一百個裸體老人愣然停止舞蹈，一手合掌，一手……拿鏟子，面容嚴肅。

「無法欣賞佛陀之美的可憐人，處決的時刻已經到來，我要淨化你們……」

白圓怒不可遏，他的聲音同時透過一百個裸體老人的口中洪亮地傳頌出來……

「謗佛者死！」

一百個裸體老人在半空中散發耀眼金光，面容從嚴肅轉凶惡，眼神暴烈。

交戰中的陸戰隊與牙丸武士無不大驚，暫時停止戰鬥，一致把武器對向天空。

一瞬間，裸體老人的身上散發出強烈的氣勁，金光刺眼，鐽子震動。

「危險！小心鐽子！」喀斯特爾大聲提醒。

忽然一百個裸體老人將鐽子像垃圾一樣丟開，雙手合掌，口中唸唸有詞。

「那拿鐽子幹嘛啊！」底下血族與人類同時大怒。

緊接著發生的事，就一點也不莫名其妙，也一點也不好笑了。

一百尊「美佛」緩緩將雙掌打開，低首，睜目……

出掌！

自高高的半空中，蘊含著強大幻術氣勁的一百掌同時轟出。

一百掌，瞬間擊殺了一百人。

不分血族人類，通通被「美佛」無差別的氣掌給轟斃。

「謗佛者死！」「謗佛者死！」「謗佛者死！」「謗佛者死！」「謗佛者死！」

「謗佛者死！」「謗佛者死！」「謗佛者死！」「謗佛者死！」「謗佛者死！」

「謗佛者死！」「謗佛者死！」「謗佛者死！」「謗佛者死！」「謗佛者死！」

「謗佛者死！」「謗佛者死！」「謗佛者死！」「謗佛者死！」「謗佛者死！」

「謗佛者死！」「謗佛者死！」「謗佛者死！」「謗佛者死！」「謗佛者死！」

「謗佛者死！」「謗佛者死！」「謗佛者死！」「謗佛者死！」「謗佛者死！」

「謗佛者死！」「謗佛者死！」「謗佛者死！」「謗佛者死！」「謗佛者死！」
「謗佛者死！」「謗佛者死！」「謗佛者死！」「謗佛者死！」「謗佛者死！」
「謗佛者死！」「謗佛者死！」「謗佛者死！」「謗佛者死！」「謗佛者死！」
「謗佛者死！」「謗佛者死！」「謗佛者死！」「謗佛者死！」「謗佛者死！」
「謗佛者死！」「謗佛者死！」「謗佛者死！」「謗佛者死！」「謗佛者死！」
「謗佛者死！」「謗佛者死！」「謗佛者死！」「謗佛者死！」「謗佛者死！」
「謗佛者死！」「謗佛者死！」「謗佛者死！」「謗佛者死！」「謗佛者死！」

又是一百掌，頃刻又是一百人魂飛魄散。

低空盤旋的雷鳥戰鬥直升機也無法倖免，駕駛被掌砲擊中腦袋，眼珠子迸出暴斃，直升機當然嗚嗚嗚轟隆墜落，炸得地面衝出好幾道焦黑猛火。

白圓的憤怒才剛剛開始。

「淨化！」

第526話

綿綿不絕。

一百尊美佛朝底下唸著一句又一句的「謗佛者死」後，立即掌殺一百人份的生命。每一掌與下一掌間隔的時間就是那四個字，空氣中充滿了誦經聲般的「謗佛者死」，與滿地的痛苦哀號呈現矛盾對比。

在百尊美佛的掌威之下，陸戰隊與牙丸武士團的生命如同螻蟻草芥，一掌轟一掌落，拍拍打打，就被掌得胸骨碎裂、內臟泥碎。

愚蠢子民當然做出了同仇敵愾的反擊，然而子彈射到美佛身上的時候盡數彈開，僅僅擦出一條條的金色火星，根本沒能造成傷害。

很快地，在一句話一掌死的驚人速度下，陸戰隊與牙丸武士團都傷亡慘重。

大家倉皇地尋找遮蔽物，不讓抓狂的美佛從半空擊殺。

「沒有僥倖！我要徹底淨化你們！淨化！淨化！」

白圓氣到發抖，雙瞳亮如日焰。

一百尊裸體美佛悠然落地，以大神巡街的睥睨眼神走在屍橫遍野的激戰區。

「開槍！開槍！趁現在把那些光頭幹掉！」

「衝啊！把那些變態的頭砍下來！」

「坦克瞄準！開砲！」

尋常的兵器攻擊根本無效，完全對散發祥瑞金光的美佛沒有影響。

反之，毫無敵我差別的美佛，逢人就是重重一掌：「謗佛者死！」乾淨俐落地格斃對方。躲在坦克裡也沒有用，美佛恐怖的掌勁穿透坦克厚實的裝甲，車裡的駕駛員瞬間心窩劇震而亡。

一百尊憤怒的美佛悠然拾步，快掌殺人——削掉下巴，擊碎顱骨，震裂脊椎，崩壞內臟，爆破肚腸，每一招都是無堅不摧的金剛絕招，招招必殺。

不久槍聲越來越稀疏，直到整個原宿表參道上只剩下刺刀揮舞的破風聲。

喀斯特爾。

前途無量的超級獵人，果敢勇猛，現在正面臨生平最危險的大高潮——他跳上失控撞破商店櫥窗的坦克車上，運化眞氣，用手中反握的短刺刀與重拳，艱辛地防禦美佛不斷轟出的硬掌。

「我的天……」喀斯特爾心跳得很快，暗暗祈禱出現奇蹟。

祈禱奇蹟降臨之外，喀斯特爾的「強」本身就是一個脫困條件。

他的短刀法非常俐落，充滿了軍隊格鬥技的剽悍風格，加上充滿氣勁的重拳，才能一路支撐到現在。

更重要的是，喀斯特爾手中的短刺刀發出銀色流光，竟能在美佛完美無缺的尊體上不斷劃出裂痕，這可是連炮擊都做不到！

「中！」

喀斯特爾一拳揍在擋路的美佛臉上，美佛微微一仰，顯然有了效果。

「又中！」

喀斯特爾的刺刀釘中了另一尊美佛的臉上，刺得他往後跌開。

剛剛已猜到了自己深陷的一定是傳說中的白氏幻術，但知道了又怎樣？這種等同於眞實攻擊的幻覺就是無法破解！眼下當然只有一個「逃」字！

無法擊敗任何一個美佛，喀斯特爾卻靠著快腿硬是衝出一條逃生路線。

「逃？眞是太自以爲是……不過是J老頭打造的兵器，有什麼了不起！」

白圓冷笑，遇到抵抗他更生氣了。

這個不愉快的畫面，讓白圓肩上跟腿上的傷口又灼熱起來……

白圓聯想到這幾天那個一直騷擾他、挑釁他的混帳小子。

自己當然對他施展了淨化，但那混帳小子不僅眞的在千鈞一髮中逃跑成功，還在白圓的身上留下幾道可怕的割痕……

這，實在，太，令人，生氣啦！

「優待你這個鄉巴佬，百佛掌舞！」

一百尊美佛忽然以圓快跑，佛影疊疊，瞬間便將喀斯特爾圍困在正中間。

「……」喀斯特爾絕望地止步。

第一圈圍在他身邊的美佛有五個，第二圈約十個……以此類推，堅如囚牢。

奇蹟呢？

這時，不該有個超級強的強者盟友不合常理地降臨，大叫一聲：「我來了！」然後就非常超級地秒殺這一百尊強到讓人噁心的裸體老人嗎！

沒有。

沒有這種奇蹟的徵兆。

「呼。」這個豪傑深深吐了一口氣。

今天是不可能闖出這種變態的掌陣了，喀斯特爾有了覺悟。

「死之前，務必回答我兩個問題。」

早就被揍得鼻青臉腫的喀斯特爾，左手反手握刀，右手壓住鼻子，一噴氣，濃稠的鼻血射在地上。死前至少要呼吸暢通一下，這點自己還辦得到。

牢牢圍囚住喀斯特爾的一百尊美佛，高高舉掌，卻不揮下，等待著他的問題。

「第一，爲什麼要拿鐽子？」

喀斯特爾瞪著一百尊長得完全一模一樣的美佛。

眞醜。

「……這是佛舞之美！」

一百尊美佛異口同聲，聲如洪鐘。

完全聽不懂。

不過……算了。

「第二個問題。」

喀斯特爾一個字一個字慢慢地說：「你是哪來的變態？」

白圓憤怒地大叫：「我不是變態！我是佛！」

喀斯特爾抬頭看向遠遠高處的白圓，露出勝利者的眼神……

賓果！變態總是過分自卑——這理論完全正確！

施術者的本尊就在那裡！

「謗佛者死！」

一百尊美佛高高舉起的掌，同一時刻從多重角度重壓擊出。

太遲了？

不，不放棄！

掌影中，喀斯特爾奮力擲出手中的短刺刀。

刺刀化作一道燦爛銀芒，朝著白圓的位置射來。

美佛的雷霆掌勁在「真實空間」裡根本不存在，終究是幻術一場，不可能從中攔截喀斯特爾最後回敬的飛刀。

可惜……

短刺刀不僅沒有射中因憤怒失控而暴露位置的白圓，還差得非常之遠，不僅角度錯了，力量也不夠，中途便斜斜落下，射中大樓底下的服飾店UNIQLO招牌。

一百掌又劈又削又打又轟又斬。

毫無僥倖，喀斯特爾在深層意識裡筋脈俱碎而亡。

「佛，是仁慈無敵的。」白圓合掌。

原宿戰區。

倖存者，人：零。

倖存者，血族：零。

勝利者，美佛：一百零一。

很想紅

命格：情緒格

存活：隨便

徵兆：很想紅

特質：很想紅

進化：紅不了

第527話

剛剛那搏命的飛刀一擊，如果是「他」便辦得到。

這裡的屍體很多，但「大量的屍體」已非戰鬥結束的指標。

許多地方都剛剛上演了激烈的戰鬥。

許多地方不厭其煩持續重播戰鬥過後的又一場戰鬥。

到處都是灰燼，空氣品質惡劣到頂點，軍人的屍體，老百姓的屍體，斷垣殘壁，所有一切視覺內的東西都壞掉了，根本就分不清這裡的戰鬥到底結束了沒，還是等一會兒又會重頭來上一次。

一個穿著黑色皮夾克的削瘦男子站在著火的破敗坦克上。

男子慢慢蹲下，小心翼翼用歪曲的殘火點了一根菸。

這已是上官無筵站在這裡的第四根菸。

每一根菸，都沒有耐性抽剩菸屁股，卻又一根接著一根。

自己完全沒想過，踏進這該死城市的幾天之內，就會在貴賓席觀賞世界大戰。

表面上是東京死敵與人類死敵之間的戰爭，「隔岸觀火」多半是最理想的態度，但，自己跟同伴們卻有一股難以言喻的不快。

不爽。

非常非常的不爽。

「老大，不管怎麼樣，我們都站在你這邊。」賽門貓也抽著菸。

一個因重傷被同伴遺棄的陸戰隊隊員躺在臨時碉堡旁，雙腳失血過多而抽搐，嘴唇發白，眼神流露恐懼地看著這群嗜血妖魔。

毫不客氣，螳螂朝他的頸動脈一口咬下。到底他還是一個老實的吸血鬼。

「我知道，所以我想破了腦袋也不知道怎麼做才是對的。」

上官無筵的表情，卻一點也不像在苦惱的樣子。

大家都知道，他們的老大總算做出了決定。

「結論是？」張熙熙敲敲錶，該死的還是沒有反應。

「不管我再怎麼討厭徐福那老鬼把人類當豬在養，不管我有多想割下他的腦袋當足球踢。」上官無筵平靜地說：「但我知道，人類用這種方式打爛東京，就是打算一鼓作氣消滅所有的吸血鬼了，若眞的讓人類大勝了這一場，我們以後都不會好過。」

「嗯。」即使是單純的聖耀，也感覺到了這一點。

「和平也是我所追求的目標，但隨著這一場戰爭而來的，不會是眞正的和平。」上官無筵看著遠處的煙硝。

Z組織，這個不斷祟動的龐大組織，詭異的「第三種人類」，那一個莫名其妙愚蠢到了極致的「公民疫苗法」，再再都令他無法忍受。

爲什麼人類世界的政府卻一點也沒有感到不對勁？阿海能夠暗中搜集到的情報，全都是從人類政府高層那裡得手的，爲什麼那些政治人物都默不作聲？是嚇傻了嗎？還是背後有更大的陰謀？

不爽。

非常非常地不爽。

「暫時，在遇到徐福老賊之前，我們試著將人類擊退吧。」上官苦笑：「或是打到他們冷靜就行。」

大家都露出有點開心的笑容。

眞不愧是老大啊！這種完全辦不到的事也能這麼脫口而出！

「這下死定了，我可打不過艦隊那種鬼東西。」賽門貓推了推墨鏡，底下的眼睛笑得只剩一條線。

「絕對有死無生啊。」聖耀乾脆自我解嘲：「眞不愧是超帶賽的我。」

「對啊，都是聖耀害的。」螳螂哈哈大笑：「哈哈哈哈哈哈哈！」

「……」張熙熙笑而不接話。

她不怕死，可是很怕痛。

即使是在強者、死亡……以及巡弋飛彈盤踞的東京，這位女士也不打算破例。

……就當作是爲了保衛東京時尚而戰吧？

「說也難得，大家都聽過很多傳說……什麼劍聖宮本武藏，什麼百年最強獵人秦飛，聽他在放屁的血族最強阿不思，宇宙第一變態的嗜獵者紅鬍子，也不知道到底死了沒有的日本國史上最強陰陽師安倍晴明……」

持續到處收集情報的阿海搔搔頭，笑笑：「此時此刻好多個『第一』都聚集在這裡啊，不過我相信，我們的老大才是眞正的世界第一。」

「是嗎？」

上官無筵看著遠方。

雖然不想被歸類成「站在東京血族那一邊」，但剛剛自己的意思也差不多了。

噁！

這下子，傳說中依稀聽聞過的獵命師一族，就是自己的敵人了……

第528話

秒針已經很久沒動了。

黑夜無盡，時間的齒輪在東京的地殼上忘卻了運作。

「報告長官……援軍好像……提前出現了？」雷達官語無倫次。

「你說什麼！」安分尼上將呆住。

最快，美軍第五艦隊明明也要至少三十六個小時才會抵達戰場，現在卻突然全軍出現在雷達上？

南韓、北韓、中國、台灣、歐盟與俄國的海軍艦隊，也一齊將大海擠得滿滿的！

別說安分尼等諸將滿臉錯愕，那些莫名其妙出現在東京灣的人類盟軍也全都目瞪口呆。久久，沒有人說得出一句話。

「這究竟……」

安分尼上將看著甲板上的奇妙盟友。

那隻擁有神奇力量的千年老貓也看著天空，眼神茫然。

將宇宙的時間軸強制靜止，連帶影響空間裡的知感時間軸產生錯亂，這種法術？這種咒語？這種……命格？某種新煉出來的命格？

普天之下，究竟是什麼樣的力量能夠產生這麼巨大的影響？

白線兒老實地看著黑暗的天空。

「渾不可解。」

既來之，則戰之。

來自人類世界盟友的艦隊上，除了正規的軍事化武裝部隊外，更讓人驚懼的莫過於專門剋制吸血鬼的「超級專家」。

赫赫有名的大型獵人團一次到位，強者排行榜上前幾名的豪華大閱兵。

「聽說百年來，東京都沒有吸血鬼獵人？」

說話的，是「勝利火焰」中無敵戰士團的團長。

他拔出象徵正義的長劍，高舉朝天：「今日之後，東京再無吸血鬼！」

「不管是什麼力量把我們送到這裡——」

雅典娜之劍的總特攻隊長雙手環胸，不疾不徐地說：「都是命中註定。」

「這會是一場巔峰之戰。」

凡赫辛兵團，戰鬥經驗最豐富的天火團團長微笑。

「也會是豪華的死亡之宴。等待已久。」

法國傭兵部隊「鐵十字軍團」，高大威猛的團長摸著口袋裡的紅色雪茄：「也會很快結束。」

「我會幫助你們的……」

隸屬中東皇室的獵人團「大漠之歌」隊長摸著月形彎刀，凝視著紅色的海面嘆息：「……暫時先這樣。」

「他們在上海跟南京做過的事，我們要十倍奉還。」

全世界獵人數量最多的中國龍獵人團隊長，信誓旦旦在東京發動一場以復仇爲名的無差別大屠殺：「今晚，恐懼是屬於東京的。」

「火燒地下皇城，逮住那一頭縮首縮尾的老鬼。」千年長城獵人團的老團長握緊拳頭：「肢解他，刺瞎他，拔掉他的舌頭，挖出他的心臟，將他丟臉的屍體公開在世人面前！」

各國軍隊開始登陸，集結在遼闊的海岸線上編組。早就等得不耐煩了的各大獵人團，抱著一較高下的心態準備衝進血族魔都。

更多的兵器。

更多的獵人。

更多長期誤以爲自己是獵人的嗜獵者。

東京的高處，一個悲傷又模糊的身影。

他的臉孔既熟悉又陌生，既深刻又容易讓人遺忘。

「這種時間異變，連我都無法阻止……」

城市管理人感覺到，自己的力量已一點一滴地流失中。

不，並非流失。

是大量的崩解。

早在幾天之前，在時間出現重大變化之前，就有一些細微的小異變。

大約每隔一個小時，東京的時間就會停滯了一到兩秒，或是突然加速一到兩秒，所有人茫然無知下，城市管理人便已發覺。

他隱隱感應到，有一場連他也無法預測形式的浩劫要降臨在這座城市上。

而現在，擅長交易也只能進行交易的城市管理人，陷入一籌莫展。

原本只是個小小的地縛靈，千年來，透過上萬筆零零碎碎次的交涉，城市管理人不斷用交易取得了菩薩般的力量，也用力量投資了新的力量，以力量交易力量，以咒語交易咒語，以契約交易契約，終於建立起強大的守護能量。

其有效性，甚至超越了血族對東京的實質統治。

但這樣的力量，如今卻不夠拿來對人類盟軍交易最基本的「和平」……

第529話

凱因斯，這個自認將一切變化掌握在手中的謀略天才，也沒有答案。

暫時他可以不關心時間到底被誰給奪走，暫時可以。

因爲由微型攝影機傳送過來的解謎畫面才是當下的高潮。

翦龍穴。

這裡，上演著歷史最悠久的一場默劇。

避免損耗精神，「他」以奇妙的睡眠法封印了自己，在無限的夢境中延伸意識，唯有族人的衷心呼喚才能令他重新睜開眼睛。

而現在，十二道強烈的鬥氣激醒了「他」。

也同時敲開了地獄的大門。

十二個以極度幼稚心態命名的星座戰士，圍著，繞著，虎視眈眈著。

如果戰鬥力可以透過肉體強度、爆發力、肌耐力、神經反應速率、過去臨敵應變經驗等等加以精確數值化，那麼誰比誰強再無懸念。

但，非常喜歡實驗「誰跟誰打、誰比較強?!」遊戲的凱因斯堅信，不管是誰打誰，都得實際動手才知道結果，光看帳面上的數值分析，意義不大——

而且太不有趣!!

這十二個凱因斯親手精心培育的「第三種人類」戰士，如果將其戰鬥力毫無道理地統統加起來，大概是圍毆牙丸千軍的一百名斬鐵戰士的三分之一。

然而一百斬鐵戰士人數眾多，比較適合以百當千，甚至以百壓萬，可想以多數圍毆單一個體時，卻很難產生完美的合作隊形，碰上牙丸千軍這樣的超級高手，要針對百分之一硬碰硬逐個兒擊破不算太難，導致最後犧牲慘烈。

反之，這十二名星座戰士卻是朝夕共處的好手，一旦聯手，威力倍乘，整體的攻擊防禦力絕對不在圍毆牙丸千軍的一百名斬鐵戰士之下。

傳說中的「血天皇徐福」，肯定比牙丸千軍還強。

雖然想法總是很邪惡很幼稚，但凱因斯還沒幼稚到認為此役對「徐福」會贏。這十二名星座戰士能將「徐福」逼到什麼程度，才是凱因斯深感興趣的部分……

被化學燈管照亮的翦龍穴深處，滿坑滿谷的百萬具乾燥屍骸。

強光環繞，兵臨城下，傳說中的血族終極大魔王終於現身。

一個身穿古代艷紅鎧甲的美男子，扛著一把紅色的長柄武士刀。

蒼白病態的臉，若有似無的眉，失去血色的薄唇。

七百年沒有修剪過的長髮瀑了滿地，猶如黑色樹根，盤根錯節在百萬骷髏下。

一雙異常炙熱的火紅眼。

「徐福……不是。」

凱因斯的聲音透過十二星座戰士裝甲上的麥克風，從遙遠的海底城傳送到翦龍穴：「你不是徐福。」

魔王沒有回答。

不屑回答。

只是用他王者的眼神慢慢掃視一遍等會兒的獵物。

……不是食物的味道。

這十二個灰色的醜陋東西……有毒。

「你是誰？」

凱因斯深感興趣的聲音，頓了頓，便即猜：「該不會，眞是源義經吧？」

魔王依舊沒有回答，可掃視戰士的睥睨眼神卻停了下來。

停下，身上的燄形鬥氣卻開始慢慢膨脹。

毫無懼色，十二名星座戰士一步都沒有被魔王級的鬥氣給逼退。

「徐福果然是死了嗎？」凱因斯搔搔頭。

「……」魔王腳邊的地上開始震動。

「我想一時半刻你也不會告訴我這一切的來龍去脈吧。我完全理解，不過……義經兄，雖然這十二個戰士你瞧不上眼，但他們的體內都埋著微型核反應器，只要我作弊按下按鈕，不管你多強，你都會瞬間炸成塵埃。」凱因斯的聲音非常誠懇：「但我暫時不會這麼做，你知道爲什麼嗎？」

「……」

「因爲我不只想看你對付這十二個狂暴的戰士，更想多看看你跑到地面上對付更多的強敵！看你的風采，看你展現血族的大逆轉！」凱因斯發自內心的誠摯呼喚：「如果最後的魔王就是你，一定不會辜負我的期待！你一定要非常非常強啊！」

如果有旁觀者在這，一定會愣住，然後捧腹大笑起來。

歷經七百年精采的沉默，大魔王的「再次登場」原本該是鬼哭神嚎的場面，此時卻輕易地被凱因斯一番十足懇切的談話給打亂了格調。

大魔王再也無法忍耐。

腳下熊熊燃起黑色的奔騰火焰，火焰不斷激發、高高隆起成形，迅速將大魔王托在上頭。不是馬，卻呈現出燄馬的燎動形態。

大魔王高高騎著魔物般的恐怖黑燄馬，那不尋常的黑色火焰盤繞在艷紅色的盔甲上，延伸到手中的超長武士刀刀尖。

黑色的業燄四射，終於逼使十二名星座戰士後退了一步。

「義經！加油！」

凱因斯振臂大吼：「戰無不勝！攻無不克！戰神源義經！呀呼！」

命力一震。

注射進十二戰士身體裡的十二個命格，忽然像狂風中的燭火迅速熄滅。

大魔王，戰神，破壞神……終於憤怒巨吼。

「我要殺了你！」

記憶之樹

命格：天命格

存活：逐漸累積，乃為無限

徵兆：忽然擁有大量不屬於自身經驗的記憶，有時是模糊的片段在腦中出現，有時是整段一年份無比清晰的記憶歷歷在目，宿主因此陷入瘋狂者眾。但若能善用此命格，則很有可能成為人中聖雄，以一世的資質暴取十世的偉業。

特質：超凡入聖的命格，此命格會記憶每一任宿者的經驗記憶，未來轉寄在下一任宿主時除了繼續存入新的經驗記憶外，還會在宿主腦內載入過去所存下的每一筆記憶，直到宿主的大腦無法承受為止。以何為食？當然以記憶為食！

進化：無。

第530話

如果說，站在人類一軍孤絕頂峰的那人，正在歌舞伎町獨毆東京六豺……

那麼，傲立在東瀛血族一軍尖塔上的這個人，正率領冰存十庫甦醒一晝夜的三千忍者鬼兵，以狂風掃落葉的強勢姿態，在東京不分區域地衝撞各大防禦點。

剛剛滅了千早町的陸戰隊機槍海，轉眼之間又攻破了美軍在長崎建立的防禦點。此時，這個人已衝進西池袋區。

阿不思，所有東京血族口中的第一強者。

「大家集中精神。」

阿不思朗聲唸道，身後的特務組織「淚眼咒怨」東京組員們緊緊跟著她，再後面才是大批全副武裝的牙丸戰士兵團與恐怖的忍者鬼兵。

爲了避免讓人類軍艦掌握到精確的飛彈座標，牙丸無道認爲大軍必須分散，下令由阿不思與武藏坊弁慶、平教經三大猛將，各自率領三支戰力充足的牙丸衝鋒隊，從東京北方三處同時出發，一路採螺旋式不規則行進，一邊擊潰美軍的防禦點，最後再於秋葉原做短暫集結。

「注意啦。」

阿不思微笑，森白的犬齒露出：「前面的食物有點難咬啊！」

遠遠的前方出現了一排的重型坦克，以及爲數不清的機槍兵群。

重甲坦克以五台爲一陣，硬是堵死了前方三個路口，攻城大炮早已架設完畢，一旦血族進入射程，百砲齊發便是一場一面倒的大屠殺。

「確認，阿不思接近中。」負責斥候的小兵拿著無線電通知。

一個首領般的人物接過望遠鏡：「不管來的是誰，都過不了這一個砲陣。」

話雖如此，這位上校心中卻不禁惴惴。

吸血鬼的戰鬥力詭譎莫測，從大海上的一番死鬥即可知其厲害，而號稱最強的阿不思，別說率領著大軍，即使只有區區一人，恐怕也有千軍萬馬的暴力！

上帝保佑……

上校大聲宣布：「全砲預備，進入炮擊範圍內自由開火！」

牙丸大軍之前，阿不思與淚眼咒怨的十幾名菁英越跑越快，速度直追獵豹。

阿不思總是與淚眼咒怨的少數菁英打前鋒，不是因爲自己喜歡身先士卒當表率，而是——如此最有效率。

兩軍對陣的視線之內。

「衝破！」

阿不思等人沒有高高躍起，沒有停下腳步，完全就是再高一層次的加速！

重甲坦克上的攻城大砲轟出，百枚砲彈以超高速逼近阿不思。

淚眼咒怨菁英們的身影在幾乎撞上砲彈的一瞬間，採取了難以置信的超加速，針一樣穿越了綿密的砲彈，完全沒有人被擊中。

反而百枚砲彈轟上了背後的牙丸大軍，炸得土石暴裂，地殼震動，牙丸軍團前排的士兵屍首給轟成衝天碎塊，慘叫四起。

同一時刻，阿不思與淚眼咒怨等人已來到了坦克大軍的前方。

阿不思掄起了拳頭。

一個拳頭。

一個區區雌性的拳頭。

「拳——斧！」

第531話

遇到這樣的超雌破壞力，眞正是筆墨難以形容。

所謂天崩地裂、日月無光、山河變色，其實都是不負責任的誇張形容詞。幸好只需將現場發生的一切具體地描述出來，即可知道阿不思這麼一個「區區雌性」，爲什麼會被稱爲血族當今第一超強者。

那是單純的、自右而左轟劈出的右拳。

上校手中的望遠鏡墜落在地。

空氣被橫向撕裂，十幾台坦克一齊被雌渾至極的拳勁給掃離地面，厚重的裝甲猶如蛋殼，在半空中整個破裂開，裡頭的駕駛兵像紅色的蛋黃一樣流灑出來，站在坦克旁的機槍兵則化成一片濕答答的血色狼藉。

不愧是牙丸千軍最後的伏筆。

淚眼咒怨的超級菁英一擁跟上，對著嚇壞了的坦克大軍各展猛拳。

他們很沉默，因爲對食物的憤怒全握在手裡。

拳起腳落，堵在路口的坦克群就像大型的塑膠玩具，整個慘遭暴力屠滅。

遠遠站在坦克大軍後方的機槍兵們，原本以爲前方的戰事暫時沒他們的事，現在看似無敵的坦克車隊在他們面前被血族的快拳整個屠滅，這些自以爲置身事外的陸戰隊隊員完全目瞪口呆。

如同兔子撞見狐狸。

如同狐狸撞見猛虎。

如同猛虎撞見恐龍。

他們的槍呆滯地指著剛剛停下腳步的阿不思，卻忘了扣下扳機。

「來吧！較量一下！」

阿不思吹著拳頭上的煙：「再怎麼強，子彈打中我，我還是會死的喔！」

雙腳發冷的陸戰隊們面面相覷，正要扣下扳機時，阿不思忽然調皮一笑。

「騙你們的！」

阿不思化作一陣猛烈的拳風，大笑：「你們這些白痴食物！」

雖然也頗爲喜歡承平時期有點無聊的歡樂氣氛，但阿不思也非常享受戰鬥的樂趣……

噢！不是戰鬥！

這根本稱不上是戰鬥！

阿不思與淚眼咒怨們輕輕鬆鬆在驚惶失措的陸戰隊中大肆屠宰，一邊在熱辣辣的鮮血中補充下一波衝刺的能量……不論人類發明了多少可口的美食，都不及人類本身的原汁原味啊！

正當阿不思在敵陣中大快朵頤時，一個淚眼咒怨部下的腦袋忽然掉了下來。灼熱的血族之血自斷頭處爆漿出來，頭顱滾在地上時眼珠子還睜得老大，轉來轉去，想在完全失去意識前看清楚究竟是誰下的手。

幾乎在同一時刻，另一個淚眼咒怨部下的左腿整個被切掉，身子失去平衡斜斜摔倒，痛得幾乎要暈了過去。

「？」

啃著敵首的阿不思得承認，她第一時間根本沒有察覺有高手潛伏在暗處。

她靜了下來，用敏銳的第六感尋找可疑的氣息。

只一呼吸，阿不思的眼睛便盯著祟動著幽影的某處。

「非常好，非常好，一切都很完美！」

一個年輕男子輕輕拍著手，笑笑地從轉角巷底暗處走出。

男子穿著長大風衣，帶著溫文儒雅的笑容，腳邊還有一隻通體火紅的怪貓。

「貓啊……不知道又是打哪來的獵命師吧？」

阿不思也咯咯咯地笑了，吸吮著敵首腦袋裡的漿液說：「好像在監視器錄影裡看過你？即使是偷襲，也滿強的喔……你叫什麼名字？」

叫什麼名字？

年輕男子彬彬有禮地鞠躬，雙手手指露出，展示著剛剛用來「切割」淚眼咒怨成員的奇異兵器——銀光閃閃的鋼琴利線。

「我叫風宇。」

好久不見，令人作噁的絕世天才。

第532話

碎艦、油污與死屍載沉載浮的大海上。

一個人漂著，一個人飄著。

「至少恢復了八、九成了吧？」重傷的大忍者服部半藏啃著漂來的斷手。

「是。」被狠狠擊敗的大陰陽師安倍晴明點頭。

正當安倍晴明的妖狐之氣以驚人的速度回復到飽滿的銳紫色中，服部半藏籠罩在晴明所結的蓮華復原咒裡，原本僅剩區區的一隻手，現在已經浮現出若隱若現的新手與新腳。

蓮華復原咒所耗能量甚鉅，急也急不來，想要完全回復元氣的話，還有賴安倍晴明在一旁的加持。

「你先去，我隨後就到。」服部半藏含糊地說。

「……」安倍晴明看著明明就還很虛弱的服部半藏。

即使恢復了五體，脫離了死亡的威脅，距離可以戰鬥的程度還差之甚遠。

「哼，雖然你是偉大的安倍晴明，但別忘了，我可是鬼之半藏啊。」

服部半藏臭屁地笑了笑，逗得安倍晴明也不禁莞爾起來。

不管是多親密的戰友，忍者總有不可告人的祕術吧？

說不定千變萬化、出人意表的服部半藏自有他的辦法。

「我在巔峰之戰等你。」

「我盡快。」

安倍晴明站在海面上，閉眼，化作一道紫氣隨風而去。

服部半藏舒舒服服地繼續啃食海兵斷手裡的冷血。

其實，回到東京也只是換個地方再死一次吧？

今非昔比，人類已經非同小可了，更何況還有那一隻讓人毛骨悚然的老貓。

但……

雖然深居於翦龍穴底的血天皇是個幽暗詭譎的人物，可對傳說中的超級忍者來說，地下皇城裡到底還有什麼眞正的祕密？

服部半藏又啃了一大口冰血。

「是是是……我會回去，見識一下戰神的手段。」

第533話

這麼熱鬧的魔都東京，對風宇來說就像一個超大型的遊樂園。

到處都是危險，處處都是高手，眞想不分敵我通通玩上一輪啊！

身上懷著命格「大幸運星」，就好像買了一件刀槍不入的防護衣，這幾天風宇找樂子「玩」了許許多多的高手，就連自己人聶老也被他偷襲成功，卻也讓風宇千鈞一髮在雷神咒底下逃之夭夭。

風宇沒有打敗敵人的自信，他根本不需要。

他有的是，絕對不會被敵人打敗的自信。

說起臨敵對陣，最重要的莫過於決心。

實力相當的兩人，若其中一方存著「今次打成平手就好了」的心態，就一定必敗無疑。

如果實力不對等，其中實力較遜者抱著「就算是死也要獲勝」的決心，就有機會在交手的過程中展現出強於平日的戰鬥力，擊敗對方。

但有一種罕見戰鬥者的形態非常惱人。

這種人基本上不會是弱者，反之，「實力堅強」或許是這類型戰鬥者的必要條件。這種戰鬥者根本無心戰勝，卻也不是滿心的思敗，更不是想打成平手。

他對「勝負」基本不關心，卻對與之戰鬥者氣急敗壞的表情非常感興趣。

這種人只關心自己。只關心自己在當下的戰鬥中有什麼樣的表現，只關心自己是否在戰鬥中成長、是否取得樂趣、是否品嚐戰鬥中的每一個細節——風宇就是這樣自我中心的狠角色。

他完全不在乎自己一而再再而三地戰敗，畢竟這完全不是他人生的重點。

重點是，他很快樂。

或許沒有人比他更能享受戰鬥了。

但，或許這次他挑錯了對象？

一個同伴被割下腦袋，一個同伴斷腿，阿不思的身上散發出濃郁的殺氣。

「親愛的阿不思前輩，今天將妳擱在這裡的目的……放心，我沒有能力擊敗妳，更遑論取走妳的性命，所以儘管放輕鬆。」風宇盡量微笑，卻幾乎藏不住微笑裡快崩潰的大笑衝動：「我只是想邀請妳試試看，試試看能否擊敗我？如果我讓妳不開心的話，動手殺了我也沒問題喔！」

「眞是貼心呢。」阿不思點點頭，笑得也很甜美。

風一吹，甜美笑容裡的殺氣更盛。

「不過我可是會，盡我所能地逃走……關於這點，不介意吧？」

「你的樣子……眞是讓我心煩意亂呢哈哈。」

阿不思調皮地搖搖頭，身上的殺氣飽滿非常，不禁令風宇笑得嘴角大開。

哈！還有比血族第一強者還要完美的敵人嗎？

遊戲要好玩，當然不是棋逢敵手，而是遇到無論如何也打不過的強敵啊！

「來囉！」

風宇從手中噴出銀色利線，一股割裂空氣的線氣凌厲地襲向阿不思。

阿不思並非老是愛硬碰硬的那種愚直高手，她往旁輕輕一讓，瞧著那灌注了剛強內力的鋼琴線削開了地面，地表登時出現了二十幾公尺長的裂縫。

在風宇的手上，那鋼琴線猶如一把無限延伸的名刀。

幾乎就在那一讓的同時，阿不思的身影無聲無息來到了風宇的後面十公尺的半空處，簡直可以用瞬間移動來形容她矯捷的身手。

「好！」

風宇讚歎，亦感受到阿不思的拳風隱隱壓在背脊上。

颼——

阿不思一拳輕輕噴出，風宇已來不及完全避開，只能用氣勁裹住身子硬承受。

「哈！」風宇一震吐血，迴身卸力的同時，已從手中朝後扔出四團銀球。

銀球雙雙暴開，充滿能量的鋼琴線猛烈地朝四面八方暴射出來。

「唔……」阿不思右拳護住臉部，左拳硬是朝前方一掃。

超強的拳勁將無法完全避開的鋼琴線攻勢給壓了回去，剛硬綳直的鋼琴線瞬間裂開，然後軟化在風中，可銳利的風線卻也劃破了阿不思身上的衣服。

「前輩！還有！」

阿不思才剛剛落地，受了拳傷的風宇便左右手同時一揮。

手指上的鋼環扯動著鋼琴線，左右各劃出一道斬殺大地的氣刃。

現在的風宇，與之前跟宮本武藏對上時的那一個風宇，又往上進化了不只一個層級，這兩道由鋼琴線化成的氣刃或許可以比擬宮本武藏的雙刀斬！

「嘖嘖，還眞有兩把刷子喔！」阿不思回敬以左右各一拳。

拳頭之硬，竟擊開了這兩道鋼琴線氣刃。

「我還以爲至少可割掉前輩的拳頭呢！」

風宇讚道，手上隨即又一連串令人目不暇給的鋼琴線快攻。

鋼琴線在他的手中並非完全的刀刃化，有時又會變成軟趴趴的絲綢質地，消除殺氣地從後方偷襲阿不思，有時又會變成瀑布般的超級衝鋒，招式之多，變化之繁，令阿不思眼花撩亂。

阿不思一拳接一拳，精準地破解風宇的攻擊，完全沒用上多餘的拳頭。

招式千變萬化，加上命格「大幸運星」超強的「戰運」輔助，阿不思的快拳在十招過後，便無法完全擊中風宇。

可就算沒有確實擊中，風宇身處拳風之中，竟也給震得內息翻滾。

「前輩太強啦！」風宇衷心佩服，手上不停：「真不愧是血族第一！」

「哎呀，被誇獎了呢。」阿不思笑笑，一拳又將風宇震遠了十步。

風宇在高樓大廈間飛簷走壁，阿不思快拳追蹤，兩人的身手都是極快等級，身影飛疊，忽然在此交手，又突然出現在彼處轟擊，其高速較量的過程在一旁觀戰的淚眼咒怨眾高手眼中，同樣是超水準！

「前輩！妳還可以更快嗎！」風宇吃痛，往側扔出爆炸銀球。

「那得看你的表現啦！」阿不思後仰躲開，一拳從難以置信的角度擊出。

轟！

第534話

風宇驚險逃開，勉強擋住拳頭的左手痛到失去一半知覺。

雖然一點也不覺得風宇是自己的敵手，可每一拳都沒辦法確實轟中對方，阿不思一時半刻竟也無法解決眼前這小子，這種略微煩躁的感覺阿不思並不討厭，甚至還有點開心，要知道阿不思原本就是喜歡胡鬧瞎搞的人。

也好。

雖然身處前所未有的超大戰爭之中，但阿不思還想多玩一下，再施展全力。

忽然，風宇大喝一聲：「前輩小心！」全身散發出的殺氣比剛剛強上數倍。

「！」

好像非同小可？阿不思留上了神。

卻見風宇手中極危險的鋼琴線用力一甩，遠遠一帶，竟然將一名站在坦克碎甲上觀戰的淚眼咒怨高手給切成了上下兩半！

血水淅哩嘩啦炸裂，幾滴噴濺在阿不思的臉上。

這一莫名其妙的突切，令所有觀戰的所有淚眼咒怨高手緊急往後一躍，模樣狼狽，就連阿不思也大吃一驚。

阿不思壓根也沒想到，這混蛋獵命師與她對陣的同時，竟然還有心思偷偷襲擊在一旁觀戰的夥伴！

要知道，這個世界上不管是誰對上了阿不思，都不可能還有這種閒情逸致分手對付阿不思之外的任何人！

「前輩！我頗有餘裕的這一下，是不是很有高手風範！」

風宇喜孜孜地炫耀，手上攻勢又起。

「還不錯！」阿不思的笑容，難得顯露出了怒意。

這下子，自己竟被完全看扁了！

充滿恐怖力量的一拳暴擊，在地表挖出了一大道裂縫，卻也讓風宇藉著大量的碎石紛飛隱藏住鋼琴線的曲線──「大幸運星」的能量，在此瞬間，隨著風宇的精神集中力沸騰到最頂點！

輕輕地，若有似無地，一條軟弱無力的鋼琴線劃過了阿不思細白的頸子。

「啪搭！」風宇自己配音，還擠眉弄眼。

愕然，阿不思的頸子出現了一道淡淡的血痕。

風宇雙膝跪地，握拳朝天一吼：「我終於傷到血族第一強者啦！」

一副贏得世界冠軍的狂喜模樣。

阿不思皺眉，摸著頸子上幾乎不能稱爲傷口的血線。

受傷是小事。

阿不思心想，其實若這個小子以「眞正的戰鬥之心」與自己搏鬥，以他的實力，自己哪有可能僅僅受到這麼一點小傷？就是這小子從頭到尾都存著惡搞的心態在「假裝戰鬥」，才會讓他受了一大堆的拳傷，反過來卻只傷到自己一條有點痛痛的刮痕。

這種幾乎不痛的小傷，隨著風宇誇張的慶祝歡呼，終於……

「我第一次，打架打得這麼不開心啊。」

阿不思的笑容凝結，身旁的空氣不正常地震動起來。

「……」

大長老白線兒在航空母艦的甲板上，尾巴毛豎起。

「？」

聶老預備轟在橫綱身上的雷掌，頓然一止。

「喔？」

正同時與四名嗜獵者鏖戰的宮本武藏，忍不住往某處遠瞧。

「剛剛那是？」

走在漢彌頓前面的烏拉拉停下腳步。

猛烈的氣息，就像近距離感受火山噴發的威力，炙熱的硫磺味侵蝕著肺臟。

後方正吃食著坦克大軍殘骸的牙丸大軍，登時顫抖如螻蟻。

淚眼咒怨的菁英戰士們不自覺地停止呼吸，努力堅持才能強迫自己不後退。

阿不思的肩膀略微鬆脫，像是重新組合著肌肉與骨骼的構造。

握拳，肩上微微綻放出異光。

罕見地，阿不思要拿出百分之百的戰鬥力了。

以拳爲斧。

她全神全靈的爆發力，就要傾注在眼前這不知死活的混蛋小子上。

而這混蛋小子的身上，混雜著過度興奮與過度恐懼，逼使「大幸運星」的命格之力膨脹到極致之上，因而發出即使是一般人也可以依稀看見的鑽石藍光。

「既然前輩打算出盡全力，小輩我肯定會死的。」

風宇深深一鞠躬，用顫抖的聲音說道：「我非得使勁全力逃走不可，將來實力更上一層後，再來向前輩學習。」語畢，興奮之情遠遠壓倒了恐懼。

遙想阿不思上一次擊出全力，應算到牙丸千軍與她的師徒過招了。

輕一踏步，速度卻極緩，阿不思的肩膀完全鬆開。

壓力超大！

「我逃！」

比子彈還快，風宇身子往後一射，竟在十丈之外。

「逃？」

阿不思左拳輕擊，空氣中剎剎剎剎剎剎響起一連串細微的氣爆聲。

綿密的氣爆聲直接碰到往後逃竄的風宇鼻尖，令風宇鼻尖一麻。

距離測量完畢。

忽地，阿不思右拳重重一斬，斧拳——以氣化力！

「敵千鈞！」

空氣消失，只聽見一個極低的嗡嗡聲壓進耳膜深處。

眼前的三排高樓中間一整層瞬間被怪力刨空，大樓攔腰斬裂。

完全沒想到接招，一個字逃！

風宇猶如得到超音速鎧甲的泥鰍一樣，胸口緊緊貼著地面滑了開。只要風宇稍微一抬頭，巨大的拳斧風便會將失去平衡的風宇給掃上天際，徹底粉碎。

偏偏，異常幸運的風宇有如神助，一路死命貼地滑行，直到拳斧風恍然溢散，風宇才整個亂七八糟地三百六十度大翻滾，跌跌撞撞爬起。

此時，風宇已差不多逃出了阿不思的瞬間追擊範圍。

「好強……眞的是……太強了！」

死裡逃生的風宇興奮莫名地看著沾滿石屑的雙手，胸口肋骨迸裂出了好幾個可怖的傷口，嚴重的耳鳴震得自己頭暈想吐。

但……沒關係啊！非常値得！

如果接下來再也沒辦法遇上比這場遊戲更好玩的挑戰，該怎麼辦啊！

「想逃？」阿不思衝出。

「想！」風宇往後甩射出鋼琴線，大叫：「非常想啊！」

鋼琴線不知捲上了多遠的地方，一扯，風宇整個人以最快的速度往後逃走。

眼睜睜地，阿不思看著風宇逃到自己的視線之外。

高樓整個坍塌垮下，巨量的塵煙滾滾隆起。

阿不思斷然停下腳步。

就算現在沒有要率領軍隊繼續與美軍陸戰隊周旋，專心全力地追趕這混小子，恐怕也是追他不上吧……阿不思忽然對這個陌生的敵人有徹底的了解。

「超級王八蛋。」

阿不思用力深呼吸，卻無法平靜下來。

生平頭一次，她想試著反省，自己在別人的眼中會不會也是一個超級王八蛋……

九把刀的秘警速成班（十）

越有潛力或資質越強的人，「劇繭化」的程度就越明顯，再度甦醒時已是身為吸血鬼理應最強的模樣，比如宮本武藏受吻時以是老年，繭化足足花了好幾個月，醒來後身體卻回復到年輕時期。

同理，若弱者受吻，甦醒所需時間很短，身體的變化也不會太劇烈。

也有人接受過兩次的皇吻，有的人在接受第二次皇吻過後並沒有產生太大的差異，有人卻會發生突飛猛進的更上層樓。並沒有聽說過接受第一次皇吻成功者，在接受第二次皇吻時暴斃的例子。

傳言牙丸千軍與牙丸阿不思都曾兩次接受皇吻的洗禮。

第535話

惠比壽。

此地人類防禦點周遭的主要道路，仍上演著美軍第四陸戰攻擊部隊與牙丸兵團之間的零星戰鬥。這個防禦點布置得相當紮實，牙丸兵團似乎也攻得不夠積極，竟有種「被遺忘了的戰場」的氛圍。

遠處的交戰火光，巨大的燃燒，淒厲的喧囂，全都近在咫尺，卻又兩不相關。

「粉紅指甲」獵人團的團長潔維兒，率領她那些漂亮寶貝們在防禦點周遭擾亂敵人，雖然不是什麼大艱難的工作，可也沒有預期般的輕鬆寫意，十三個青春洋溢的女孩兒已經有兩個在駁火中被牙丸武士的流彈給殺死。

話說粉紅指甲獵人團與人類盟軍的高額合作契約，訂在天一亮就結束，接下來的勝負便跟獵人團無關，撇開什麼責任、什麼正義之類的狗屁，只要天一見光，女孩兒們大可拍拍屁股走人。

但……

「該死的，時間居然停了？」潔維兒幹罵，差點要把手上的錶給砸了。

一個皮膚黑得發亮的女孩慢慢裝塡著子彈，無奈笑道：「這樣算超時嗎？可以向聯合國要加班費吧！」

「算了啦，比起其他地方，這裡算是沒什麼事的了，大概那些吸血鬼不覺得這裡很重要吧？」一個在臉頰傷口處貼了卡通ＯＫ絆的大胸部女孩，吃著士力架巧克力棒：「祈禱一切平安，我們就這樣加班到天亮就是了。」

「加班……加班……」潔維兒一邊磨刀，一邊兀自咒罵著。

惠比壽一切平安，不是因爲這個戰場遭到遺忘。

而是有人下了訂。

一個老者，用了白氏最古老最神祕的匿蹤術「幽影」，慢慢地走在固若金湯的軍隊邊緣。他走得很慢，踏得很緩，節奏慢到呼吸的頻率只剩下三分鐘一個吸吐。

他的名字叫白無，其珍貴的血液擁有喚醒血天皇的資格，與力量。

白無或許是當今活得最久的白氏尊者裡，最令人畏懼的一個。

被喻爲最接近上帝，同時也是最接近惡魔的男人。

高傲的白無一直令人難以親近，即使是白氏貴族內部，也只有白常一人能夠暢然自若地與他說話。說起來，多半也是因爲白常同樣強得離譜吧。

更或許，是因爲白常同樣爲這些年的「和平」感到忿忿不平。

戰士所戰爲何？當然是爲了追求和平。

和平卻一點一滴腐化了戰士。

安安靜靜了大半個世紀，白無有一陣子還認眞考慮過效法前輩藺化自己，反正活著也沒什麼用處。白氏之間會用幻術彼此較量，切磋戰鬥的技術，可缺乏眞正充滿危機感的戰鬥，幻術的感覺只會越來越遲鈍……

勉強嘗試過幾次，與白氏的新血們用幻術模擬對戰，每次的結論都差不多。

「前輩，您實在令小輩望塵莫及啊！」

「沒想到跟前輩的幻術比起來，吾等只是雕蟲小技啊！」

「感謝前輩的指點，大開眼界！」

「眞是太……太令人歎爲觀止了！前輩不愧是吾等白氏最強！光榮之至啊！」

都是，狗屁……白無連在臉上擠出一點敷衍的笑容都做不到。

這種高高在上的難搞態度，卻又更增加了白無在傳言中的「強」。

白無覺得人生很無趣，不禁羨慕起在二次世界大戰時親赴中國大顯神威的狗雜種「神道」。那些能力低下的狗雜種在滿載食物的沙場上歡暢戰鬥，自己卻在東京傻傻把守，痴痴等待。

好不容易等到美軍兵臨城下，不管是食物還是血族一片人心惶惶，唯有白無整天喜孜孜摩拳擦掌，兩枚悠悠落在長崎與廣島的核子彈卻瞬間結束了戰爭。

「這算什麼？他們根本沒有領教過我的實力！」

白無看著電視裡威風八面的麥克阿瑟接受日軍投降的畫面，萬分難以忍受。

失去戰爭的戰士，等同失去了存在的價值。

白無在這過半世紀裡說的話，不超過一百個句子。

現在。

很好。

敵人浩浩蕩蕩打進了家裡，把家裡搞得天翻地覆，打得自己人灰頭土臉。

即便雙方要停火，和平協議看來也得等上好一陣子。

這實在是……太好了……

第536話

「緊急！池袋A區需要飛彈支援，與艦隊確認座標……」

坐鎮在坦克陣地裡的上校，聚精會神地聆聽從無線電傳來的戰爭情報。

士兵清點著剩餘的砲彈，工兵重新整理防禦工事。

即使沒有敵人，斥候依舊認真地用望遠鏡偵查地平線上任何可疑的移動。

遠處不曾歇止的隆隆炮擊聲，凸顯著這裡的異樣。

沒有人真正慶幸自己身處安全之處，備戰的狀態反而加倍了士兵們的焦慮。

「……」上校感到一陣耳鳴，眉頭一皺。

沒有戲劇性的誰先誰後，所有人同時都感到耳朵裡鑽出一股尖銳的聲音。

是附近爆炸聲的關係嗎？雷達兵不悅地左顧右盼。

那些耳朵裡惱人的聲音，如同水銀迅速膨脹開來。

畢畢……

剎剎……

不，那無限膨脹開來的不只是聲音，而是……來自四面八方的「超壓力」！

潔維兒看著自己的手掌，塗得五顏六色的指甲喀喀喀喀出現裂痕，手指血管漲到像蚯蚓一樣粗。她嚇壞了想大叫，張開喉嚨嘶吼卻聽不見自己的聲音。

空氣在暴裂。

土地在脹裂。

坦克的裝甲像劣質的瓷瓶吱吱龜裂。

每一個人的身體都承受了巨大的擠壓，肋骨深深內陷，肺臟裡的空氣幾乎毫無保留地外吐出來，瀕臨窒息的恐怖感籠罩了所有人。

鼻子在流血……那耳朵是不是也要滲血了？眼珠是不是快彈出去了！

潔維兒踮起腳尖，十指倒翻，身子高高拱起，眼珠翻白，嘴巴發出古怪的嗚嗚聲，鼻血汩汩飆出，像極了傳說中遭到鬼怪附身的模樣。

臨敵無數，智商超過一五〇的她完全失去了思考。

十幾個粉紅指甲獵人團的女孩各自呈現出不同的扭曲模樣，大街上上千名陸戰隊隊員同樣中了邪，有人抓著自己的脖子，有人臉朝天搖搖晃晃，有人原地自轉，有人亂七八糟徒手挖出了自己的眼球……

更多人呆呆一動也不動。

巨大的壓力，恍若赤身裸體置身在外太空的異星球表面。

區區半分鐘後，想像力最強的幾百人率先倒下。

四十五秒，潔維兒發狂地扯碎身上的衣服，將兩個奶子血肉模糊地撕了下來。

過了一分鐘，所有人都七孔流血摔倒在地，斷絕氣息。

「螞蟻。」

白無深深一次吸吐，解除了「幽影」。

沒有想像中開心……其實。

這個老人衷心希望，這次的戰鬥規模足以出現令他困擾的對手。

即使只有眉頭一皺……

第537話

眉頭一皺的大有人在。

烏拉拉摳著雙眉之間深鎖的皺紋，覺得前方出現的「氣流」並不單純。

「你也發現了嗎？」

問的人是漢彌頓，但發問的對象可不是烏拉拉，而是宮澤。

一點戰力也沒有的宮澤，竟對遠處的「戰意流動」產生感應？

自從烏拉拉向宮澤上了一堂「關於命格：你不能不知道的事！」的課後，宮澤便淋漓盡致地運用著他體內的「大偵查家」，提升直覺，幫助自己與身邊的夥伴在戰火崩雲之際，找到一點點安安穩穩的縫隙。

此時烏拉拉、神谷、漢彌頓與宮澤四個人、紳士與小內兩隻貓，坐在一間廢棄的二手電器行裡的地板上野餐，順便躲避戰事。

可能的話，烏拉拉希望在「遇到徐福」前盡量不要樹立新的敵人……不要受傷，保存百分之百的實力。雖然這很明顯是奢侈的妄想，但至少可以做到不要主動找架打吧？

尤其敵人竟然連時間都能夠控制，在想到破解方法之前……

「雖然東京根本沒什麼百分之百安全的地方，但……從前面殺來的部隊，恐怕不是一般牙丸禁衛軍的編制。」宮澤無法分析的時候，便猜。

猜中的機會，跟他想猜中的意志力幾乎一樣大。

「是阿不思嗎？」漢彌頓鎮定地問。

「直覺告訴我，不是。」宮澤感受著從命格深處裡捕捉到的資訊。

烏拉拉發牢騷道：「那我們安安靜靜躲好吧？」

神谷在一旁猛點頭。

隨時都聽得見忽遠忽近的轟炸聲，讓神谷一直神經緊張。

像神谷這種平凡的高中女生早該在東京死上一百次了，宮澤忍不住一邊啃麵包，一邊打量著跟神谷比手畫腳的烏拉拉。

爲什麼烏拉拉要帶著一個平凡的高中女生，在世界上最危險的地方跑來跑去？即使是宮澤，也只能猜到其中一個原因……此時此刻神谷在日本的任何地方，恐怕都沒有待在烏拉拉身邊安全。這裡遍地烽火，可這個神奇的獵命師願意用一切的力量保護她。

另一個原因，宮澤怎麼猜也猜不到。

烏拉拉握緊神谷的手，神谷從手掌感覺到烏拉拉越來越緊張。

「……」烏拉拉感應到，前方部隊的殺氣異常強大。

漢彌頓拍拍烏拉拉的肩膀，點點頭，似乎非常同意暫時躲在這裡、完全消去氣息才是最好的自保之道。至於戰鬥……漢彌頓敢來東京，當然不是專程來討一個自保，只不過他不認爲與吸血鬼的軍事部隊正面交鋒，是理智的戰鬥法。

忽然，烏拉拉與宮澤同時往血族軍隊來襲的反方向一看。

晚了一步，漢彌頓也感受到了空氣裡的異樣。

「有人打算直接跟吸血鬼部隊對著幹。」從店裡破掉的玻璃櫥窗望向廣場的另一端，漢彌頓點點頭：「很強，非常強啊。」

烏拉拉認得那些氣息……

是幾天前才剛剛打過一架的谷天鷹、老麥，還有初十七。

這三個獵命師的移動速度很快，看樣子是故意挑釁來襲的吸血鬼部隊。

如果不是他們瘋了，就是擁有非常厲害的命格可以拿來對付軍隊級的敵人。

「是你的朋友嗎？」宮澤不猜了。

「不是。」烏拉拉摸摸紳士軟軟的脖子，吐吐舌：「暫時還不是。」

豈止不是朋友，他們還想殺了我呢……烏拉拉在心中苦笑。

□

塵土飛揚。

前方血族不斷衝鋒的軍隊並非一般，而是由大將平教經率領的超級特攻隊。

「再破！再破！全速前進！」

領著頭，高大的平教經站在快速行進的輕甲坦克上，威風凜凜地高舉剛剛攻破的美軍防禦點將領的死腦袋。

雖然時代已經變遷，但展示敵將首級的不文明舉動，對鼓舞士氣還是很有效果，三千名從冰存十庫解除封印的猛鬼部隊不時發出興奮的獸吼，每個人的手上都甩著一個美軍陸戰隊的破腦袋，氣勢正盛！

平教經，這位九百年前與武藏坊弁慶齊名的超級武將，透過皇吻升級後的破壞力，在當今科技昌明之世還是橫行霸道！

「注意了……前面是一頭大野獸呢。」

谷天鷹開著從美軍那搶來的軍用吉普車，手裡拖著巨大笨重的鏈球。

「大野獸好啊！讓他瞧瞧獵命師的戰鬥手段！」

老麥騎著摩托車，後面載著初十七。

「本來是要殺那兩兄弟的，現在我們到底在做什麼……」

初十七心中惱火，瘋態更張牙舞爪。

滿城的吸血鬼，到處都是戰火，這三個獵命師恐怕已經迷失了他們來到東京的初衷，在他們想起來原本的目的是什麼之前，只好一直宰光他們所能遇見的每一個吸血鬼。

很快地，他們將遇到一個前所未有的超強敵。

可惜不是三打一。

是悲慘的三打三千零一。

烏拉拉的心中，有極不好的預感。

第538話

美軍陸戰隊的防禦力，超出了牙丸禁衛軍的估計。

沒有電影裡過度氾濫的英雄主義，美軍以「百人部隊」爲單位移動。

負責彈藥補給的運輸衝鋒隊，除了提供支援，同樣肩負著清掃大街的任務。每次從海岸線總補給站往各防禦點出動，除了坦克同時擋在前方與後方，所有的陸戰隊隊員都相當隨意地向四周零星開火，遇到前方敵人，就毫不瞄準往前一陣極度浪費子彈的狂掃猛轟。

常常出現大家一起齊步走，一邊抽著雪茄，一邊若無其事往前開火的畫面。冒煙的子彈叮叮噹噹掉落在地上，幾乎無法阻擋他們的掃街行進。

牙丸禁衛軍的軍團大多與重要地區的人類防禦點鏖戰，這種在點跟點之間的大街上的游擊戰場，就交給擅長「無差別腦攻擊」的白氏貴族負責。

許多年輕一輩、根本沒參與過眞正戰爭的白氏，對自己能一顯身手大感興奮。不需要無線電的他們，以特殊的腦波頻率互相炫耀自己的戰績。

「看我的，絕對火焰！燒啊！燒啊！」

白曙意氣風發，不斷從眾陸戰隊的意識深層釋放出無窮盡的火焰。

他認爲只有這種無形無體的攻擊，才是眞正無敵，有朝一日定能更上層樓。

「歡迎來到異形的殖民地……這就是眞正的恐怖！」

深愛電腦遊戲也深受其影響的白窮，非常開心可以看見異形吞噬人類的畫面。

巨大的異化蟑螂噴出綠色的酸毒液，還會作弊似鑽進地殼裡養傷迅速回復。【註】

被異化蟑螂團團圍住的陸戰隊請求飛彈支援，卻只在大街上炸出一個黑色大窟窿。

「重低音轟炸！再來再來再來再來再來再來再來！」

白響站在高台上，張牙舞爪地指揮大崩潰的交響樂團：「只有我的死亡交響曲能慢慢進化，擺脫你們這些庸才……踏進白無前輩的領域啊！」

註：拍完電影後，除了寫《獵命師》，另一件同樣重要的是，就是打等了十年的「星海爭霸二」啦！人類的機槍海眞的很機八，我偏偏只玩神族跟蟲族啦怎樣！

強烈的巨大響音摧毀了部隊的方向感與肢體平衡，即使幻術時限結束，惡劣的副作用也會殘留在他們體內。

「什麼死亡交響曲？那只不過你個人的偏執。」

胖胖的白仲，陰沉地看著陸戰隊陷入他布下的泥漿陷阱裡，慢慢下沉。

「一步步踏進我的泥漿地獄……前進不能，後退不能，這才是幻術的王道。」

「幻術的王道？」

白刑沉靜地說：「眞希望你知道自己在說什麼。」

美軍陸戰隊正朝著大街的彼端不斷開火，三十六個面無表情的「鉛人」慢慢走在呼嘯而來的子彈陣中，子彈擦出火屑，卻無法對硬度超高的鉛人產生眞正的傷害。

像是電影特效，眾鉛人的雙手慢慢鎔鑄成臂形利刃，宛若人形螳螂，他們步步逼近驚恐的陸戰隊，很快便會來場冷酷的切割大賽。

「大家不要太大意了，記得把自己藏好。只有活下來的人才能繼續變強！」

白竇瞳孔炙熱，三十七個裂嘴女從防衛嚴密的陸戰隊隊形中直接迸出，阿兵哥兒一陣驚慌，措手不及下被張開血盆大口的裂嘴女給啃掉半張臉。

在東京裡練習了這麼多年的幻術，白竇意外製造出如此恐怖的都市傳奇「裂嘴女」，此時終於完成了真正的「軍事化」。

熱戰不斷。

雖然比起前輩的大招，這些白氏小輩的腦能力範圍很有限、持續力也不佳、幻術的內容也沒有強到無懈可擊，但他們都是難能可貴的腦天才，若沒有這些小鬼不斷以一擋百，阻礙這些陸戰隊的行進，獲得充分補給的防禦點將更難被牙丸軍團給討回。

而尊者白喪超大型的獨眼巨人，也開始在城市的邊緣慢慢往中心推進……

自以爲無敵的白氏貴族，也許該試試真正危險的挑戰。

兩個在打鐵場裡打了無數次「幻戰」的男子漢，終於也要踏進這一場亂局。

他們即將各自展開的戰鬥，將爲這一場亂局增添巨大十倍的變數。

「我們怎麼會合？」

「……」

首先開口說話的男子自然是陳木生了。

武功與一個月前判若兩人的他，已經對武學進境沒了興趣。

陳木生眞正想知道的是，有了這一身自己配不上的超強武功，他能做什麼。

「如果我先遇上了你弟弟，要怎麼通知你？」陳木生認眞地問。

「……」另一個沉默男子，當然是已經將「千年一敗」盡數消化完畢的烏霆殲。

通知？不必了。

時間與地點，早在兩年前就約好了。

所有一切不談倚賴命運，不講因緣際會，只需要無與倫比的決心。

原本繚繞在烏霆殲身上的災厄火焰，陡然集中在他的右手斷掌之上，化作充滿暴烈魔氣的巨爪。巨爪輕輕一握，眼神如電。

「徐福面前會合。」

第539話

想在徐福面前會合的人，豈止烏家兄弟。

轟隆！

雷電一閃而驟，逝而又生。

聶老豈止游刃有餘地壓制東京六豺，戰況完全是一面倒！

「哎呦！哎呦！」

冬子怪叫一聲，第七度全身冒煙地飛撞上了燈柱，從嘴裡吐出淡淡的火光。

居高撲下的大鳳爪一招擰下，卻再一次只抓到模糊的電氣殘影。

「雷斧。」

飛速前進的聶老看也不看，便朝左方劈出一道鋸形白雷。

鋸形白雷轟破地面，越破越深，直朝大山倍里達而來。

「崩！」

不死心的大山倍里達一拳轟出，以魄力十足的「拳風」正面迎擊聶老的雷電。

拳風依舊潰散。

不斷衝前的雷電即將再度轟上大山倍里達之際，橫綱斷然擋在大山倍里達前方，大喝一聲，往雷電雙推掌：「這次一定要擋住你！」

鋸形雷電硬生生被橫綱氣勢驚人的推掌給擋住，雷氣在肥厚的肉掌間胡亂激竄，無法緩解釋放，終於整個炸開！

「慘！」

「豈有此理！」

雷氣能量炸開的衝擊力，摔得橫綱與大山倍里達七葷八素。

分秒不差，十幾柄飛刀如同長了眼睛的導彈，朝著電一般的身影飛射出去。

「雷索。」

聶老手指凌空一劃，一道細細的電氣同時貫穿這些飛刀，電氣像無形的絲線捲住其上，聶老手指一帶，電絲一扯，十幾柄飛刀全都亂七八糟甩向一旁高樓大廈的玻璃帷幕。

同一時間，聶老已來到賀的面前。

「雷戟。」

受了重傷的賀咬牙切齒，看著聶老一指射出雷電，刺穿自己的肩膀。

「可惡啊！」

賀大痛，摀著肩膀重重摔在著火的直升機殘骸上。

連串目不暇給的閃電快攻下，最令人難以置信的是，只要輕輕給予最後一擊便會死掉的兵五常，就站在這一連串高速戰鬥的核心位置，用最好的視野觀賞著所有的過程。

——東京六豺，根本沒有人有一點點餘裕對兵五常偷施殺手！

於是身負重傷的兵五常便靜靜地看著聶老，一拳一掌地幫他討回來。

聶老的每一招，都充滿了極暴力的優雅。

比起擊敗對方，聶老似乎更像在教導兵五常雷神咒的種種應用。

兵五常看得眼花撩亂，心中很爲偶像的強悍而感動，卻也很納悶……

難道聶老眞以爲資質魯鈍的自己，可以這麼看著看著，就學會了獵命師所有咒系中，公認最強的、也最不可能學會的「雷神咒」嗎？

「雷聚。」

兩道交叉的閃電擊中了虎鯊合成人TS-1409-beta，穿透了他被精心改造的生化裝甲，能量之強，有一瞬間幾乎將快速奔跑的虎鯊合成人給整個轟離地面一公尺。

「老頭別太得意！」

最耐打的虎鯊合成人TS-1409-beta在挨了十幾次雷擊後，好像漸漸習慣了電擊的感覺，這次竟咬牙承受住雷擊的痛楚，一腳落地，另一腳重重踏出，竟用夾帶著殘餘電氣的重拳轟向聶老，大吼：「還給你！」

這一拳，充滿逆轉威力的一拳！

「雷殘。」

虎鯊合成人TS-1409-beta一拳轟在聶老的殘影上，打了個空。一呆。

聶老好整以暇出現在虎鯊合成人TS-1409-beta背後，往高高隆起的鯊鰭單手一劈：

「隨便。」

隨便的無名一招，虎鯊合成人TS-1409-beta給劈得哇哇大叫，鯊魚大嘴噴出焦煙，眼珠子還瞬間綻放出白色的電光，雙膝跪倒。

「別放棄！一定可以找到他的弱點！」

大鳳爪衝上，老是挨揍的冬子也同時捲土重來，兩人左右交擊。

不論招式或移動，這兩豺的速度平日可以用「有如閃電一般」來形容也不爲過。

可這次遇到了眞正的閃電……

「雷速。」

聶老閃電加身，根本看不清他是先朝左還是先往右，總之聶老一拳砸在冬子的臉上，一拳轟在大鳳爪的肚子上，同時將這兩個以速度著稱的吸血鬼給擊飛。

大鳳爪摔左，還未落地便吐出一大口冒著白煙的血。

冬子摔右，這次是用五體投地的姿勢摔趴在柏油路上。

聶老沒有停手，因爲半台著火的坦克正朝著他頭頂飛砸而來。

「六打一！不可能輸的！」

橫綱咆哮，擲出坦克後同時朝聶老撞來，肉球裡蓄滿了同歸於盡的蠻力。

聶老高高舉起右手，淡淡地說：「雷劍。」

從未見過這樣的雷。

一道金黃的雷電逆向從手指衝向天際，直接劈裂了半空中的坦克，隨著聶老的手臂往前一壓，強大的「雷劍」直接在天空中劃出幅度九十度的無敵一斬。

何等威力，前方高三十六層的大樓從樓頂正中央開始出現平整的斬痕，斬痕直直往下毫不停緩，這道雷竟想將大廈給從中斬成兩半！

劍雷直直往下，高樓左右分半。

這道無所不斬的劍雷，眼見就要劈在橫綱的頭頂上。

「老！頭！別！逃！」

橫綱無法停下，也不想停下，這可是他生平最猛烈的一撞。

「來不及！」

忽然大山倍里達從旁竄出，只用一個飛踢便破壞了橫綱的方向，橫綱一時無法停勢，只好撞上了聶老旁邊的裝甲車，將它撞成連破銅爛鐵都難以形容的破銅爛鐵。

可大山倍里達，卻代替了橫綱承受住這青天霹靂的一雷。

雷劍直劈到聶老的腳跟前，才完全收勢。

聶老的手指冒著殘煙。

大山倍里達兩眼瞪大看著聶老，身子站得直挺挺。

他的兩眼之間，慢慢滲出了一條細細的紅線。

肩膀微動，面對難以撼動的強敵，這個偉大的空手道家還想擺出正拳迎擊的標準姿勢，卻隨著重心不平衡，身子漸漸裂成了兩半……

「啪。」

大山倍里達的左邊身體啪一聲摔在地上，臟器汩汩流出，屹立不搖的右邊身體，則順利擊出最後的一記無懈可擊的正拳。

遠遠地，拳風輕輕擊中了聶老的臉，吹動他銀白色的髮。

布滿皺紋的臉有點刺痛。

好拳。

聶老在心中默默地讚許他的敵人。

冬子頭頂著破碎的路面，單手將自己的身體撐起。

平日笑嘻嘻的森白堅牙，只剩下一半。

賀摸著燒了一個大洞的肩，搖搖晃晃爬起。

飛刀所剩無幾。

自尊心，所幸還有一點。

大鳳爪一聲不吭，踉蹌站直身子。

引以爲傲的超雄腕力根本派不上用場。

虎鯊合成人TS-1409-beta一拳砸醒自己，再一拳砸地，將膝蓋硬是挺離地面。

這樣的身體，究竟還能承受得了幾次雷擊？

「王八蛋……竟敢踢我……死了白痴……」

橫綱拍拍臉上濕濕的裝甲碎骸，將巨大的身體拔出那一堆破銅爛鐵。

他沒有時間難過，也大可不必難過，畢竟很快他就會再接再厲一撞。

……下次那一撞，肯定會撞進地獄吧。橫綱有了覺悟。

剩五打一。

全世界最弱勢的五打一。

兵五常屏住呼吸，全神貫注在即將發生的畫面。

此時的他已無敵我之辨，完全進入武學境界的觀察。

只見當今之世最強獵命師慢慢地舉起手臂，腳底沉氣，指尖聚電。

一道金黃雷電逆射向天，閃白了整個天際。

閃白了五張面無血色的豺臉。

看樣子，聶老打算用同一招結束這一場五打一。

充滿覺悟的五豺衝出，各自展現絕招。

不求生，更不求勝，只求在敵人身上留下慘痛的記憶！

「很好。」

聶老雷劍橫斬，威力更勝剛剛那青天霹靂的一擊。

周遭大樓宛如嫩豆腐般被強大的雷氣切開，往東京五豺的身上斬去。

雷劍既出，誰與爭鋒？

「我！」

一把長刀，一把短刀。

雙刀交疊，以鐵十字防禦在體側，以頑強的蹲踞姿態迎接了橫斬的雷劍。

不閃，不避，因爲無法閃避。

超卓的先天刀氣撞上了橫行霸道的雷氣，頓時在天地間響起了巨大的轟隆聲。

那不是兵器碰撞所能發出的聲音，而是天與地互相咆哮的嘶吼。

覺悟瞬斷。

東京五豺完全被震懾住，慢慢看向竟能擋住恐怖雷劍的那一非人。

逢龍，殺龍。

遇虎，殺虎。

今遇雷神。

斬雷神者——宮本武藏。

「爲什麼……要花時間打這些可有可無的可憐東西？」

架在臉側的十字雙刀發出炙熱的紅光，足見剛剛那一雷的威力。

血族劍聖宮本武藏緩緩吐出一口熱氣：「卻不找一個旗鼓相當的對手？」

爲什麼不找一個旗鼓相當的對手？

是啊……爲什麼？

聶老身形化電，一閃而出。

「我找了一百年！」

《獵命師傳奇》卷十七　完

獵命師傳奇 FateHunter

《獵命師傳奇》卷十八・預告

「《海賊王》的作者？」

漢彌頓大感不解，看著躲在坦克車底下的單眼皮胖男子。

單眼皮男子驚恐不已，手裡還拿著半疊稿紙，上頭龍飛鳳舞畫了一堆分鏡。

「天啊！我竟然可以親手……」

烏拉拉萬分珍惜地幫忙撿起散落一地的手畫稿，還給單眼皮男子前不忘偷看了幾眼。從坦克底下爬出的單眼皮男子連聲感謝，隨即緊張兮兮地左顧右盼。

「不行，尾田大神絕對不能死。」烏拉拉下定決心：「只要世界一天沒毀滅，就有人期待著《海賊王》最新的一話。從現在起任務更新，在徐福出現之前，全力護送尾田大神到美軍艦艇上！」

宮澤、漢彌頓、神谷同時一驚。

「尾田大神。」烏拉拉雙手握緊尾田的手，誠摯地說：「不論前方有多少可怕的敵人——請讓魯夫成為海賊王吧！」

獵你的創意，秀你的圖
「獵命師大募集！」活動

看看讀者們的想像與創意，看看大家心目中，《獵命師傳奇》有哪些迷人、突出的角色～

■ 大賞得主可得到《獵命師傳奇》新刊一本，還另有神祕禮物喔。
■ 入選者皆可得《獵命師傳奇》新書一本。

【本集大賞】

↑ kobejimwang ◆ 樂眠七棺

刀大評語：
非常熱鬧，感覺很有氣勢啊耶～

→ louely99 ◆ 王應許的逆轉生

刀大評語：
非常有設計感的構圖！善惡兩世！

appleeee555 ◆ 宮本武藏

raymond0930 ◆ 牙丸千軍

thomas873 ◆ 我．源義經

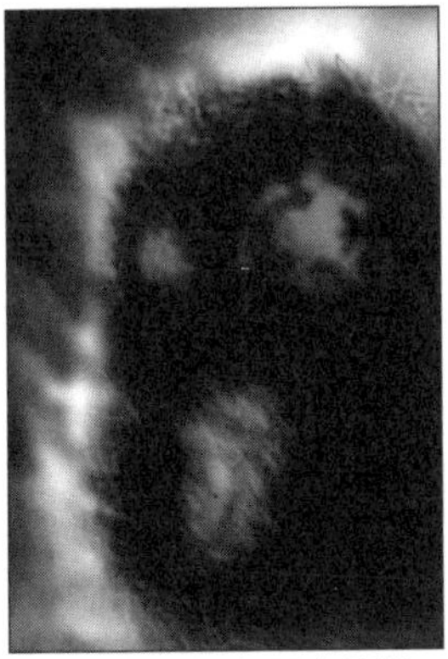

jonah850421 ◆ 死亡連鎖

m12418 ◆ 銀荷

xvnm4752 ◆ 風宇！鋼琴線男孩

drawmylife ◆ 優香

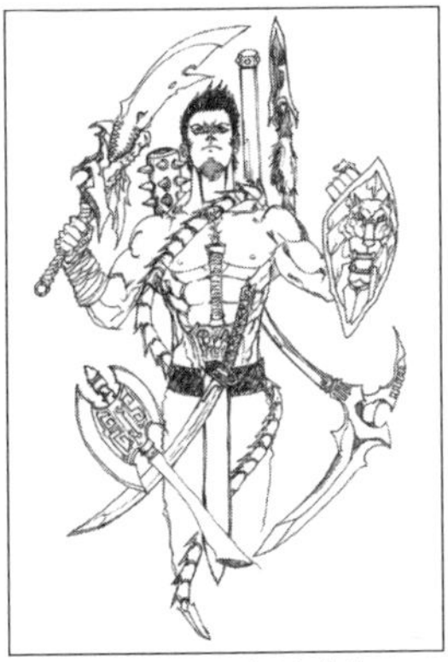

wxgun1 ◆兵器人 陳木生

twbilldai ◆ 聶老

thomas873 ◆ 怪力咒 · 谷天鷹

raymond0930 ◆ 牙丸千軍！

joseph71 ◆ 優香

STONE ◆ 牙丸傷心

熙攸◆ 黑奇幫

lanfon10240 ◆ 烏霆殲

alan0136 ◆ 服部半藏 · 雷盾 · 雷切

drawmylife ◆阿不思

akagawa ◆ 烏禪

berserker01 ◆ 我的刀我的獠牙

g870601 ◆ 我也可以很帥

chen606268888 ◆ 美美的優香

greenyeh23 ◆ 烏家兄弟

jimmy84228 ◆ 烏拉拉 vs 宮本武藏

deltadelta ◆ 阿不思

palatwelve ◆ 義經 + 弁慶

獵命師傳奇
九把刀 Giddens 著
ㄎㄎㄎ
ㄎㄎㄎ
ㄎㄎㄎ
ㄎㄎㄎ

《獵命師》之猜猜猜

PART I　猜猜我是誰

超簡單題目放送！
快上蓋亞臉書粉絲團 http://www.facebook.com/Gaeabooks
參加【《獵命師》之猜猜我是誰】臉書贈獎活動~~
活動日期至2010/12/12截止喔~~
全數答對的朋友將有機會得到獵命師mini提袋!!!

【活動時間】即日起至 2010 年 12 月 12 日止
【活動方式】活動時間內，於蓋亞文化Facebook留言答題
【活動網址】http://www.facebook.com/Gaeabooks
【獎項】獵命師mini提袋

詳細活動辦法請見蓋亞文化Facebook
所有得獎名單將統一公布於蓋亞臉書粉絲團！

太古的盟約　卷一～卷四	悅讀館	冬天			各240
太古的盟約　卷五～卷九	悅讀館	冬天			各199
四百米的終點線	悅讀館	天航	9789866157004	364	250
君子街，淑女拳	悅讀館	天航	9789866157097	272	240
術數師　愛因斯坦被摑了一巴掌	悅讀館	天航	9789866815911	336	240
術數師2　蕭邦的刀．少女的微笑	悅讀館	天航	9789866473050	336	240
三分球神射手 1	悅讀館	天航	9789866473197	272	220
三分球神射手 2～6（完）	悅讀館	天航			各240
東濱街道故事集　惡都1	悅讀館	喬靖夫	9789866815829	208	180
慈悲　惡都2	悅讀館	袁建滔	9789866473043	336	240
犬女　惡都3	悅讀館	袁建滔	9789866473227	208	180
武道狂之詩　卷一～卷五	悅讀館	喬靖夫			各220
武道狂之詩　卷六 任俠天下	悅讀館	喬靖夫	即將出版		
吸血鬼獵人日誌 I ～Ⅳ（完）、特別篇	悅讀館	喬靖夫			976
殺禪　全八卷	悅讀館	喬靖夫			各180
誤宮大廈	悅讀館	喬靖夫	9789866815423	256	220
天使密碼 01～05（完）	悅讀館	游素蘭			1100
說鬼　黑白館1	悅讀館	琦琦	9789866473333	320	240
惡疫　黑白館2	悅讀館	琦琦	9789866473517	272	240
噩盡島 1	悅讀館	莫仁	9789866473395	272	99
噩盡島 2～13（完）	悅讀館	莫仁		272	各220
噩盡島 II 1～2	悅讀館	莫仁		256	各220
異世遊　全五卷	悅讀館	莫仁		304	各240
遁能時代 全五卷	悅讀館	莫仁			各240
因與聿案簿錄 1～8（完）	悅讀館	護玄			1840
異動之刻 1～4	悅讀館	護玄		256	各220
希臘神諭	悅讀館	戚建邦	9789866815706	320	250
莎翁之筆　筆世界1	悅讀館	戚建邦	9789866473128	288	220
反物質神杖　筆世界2	悅讀館	戚建邦	即將出版		
天誅三部曲	悅讀館	燕壘生			共2040
影子瀑布	Fever	賽門．葛林	9789866815607	464	380
善惡方程式（上下不分售）	Fever	珍．簡森	9789866815478	842	599
熾熱之夢	Fever	喬治．馬汀	9789866473234	456	360
審判日	Fever	珍．簡森	9789866473357	592	420
光之逝	Fever	喬治．馬汀	9789866473203	384	320
魔法咬人	Fever	伊洛娜．安德魯斯	9789866473593	336	280
殺人恩典	Fever	克莉絲紅．卡修	9789866473760		
魔法烈焰	Fever	伊洛娜．安德魯斯	9789866473746	352	299
魔法衝擊	Fever	伊洛娜．安德魯斯	9789866473999	352	299
守護者之心　秘史系列1	Fever	賽門．葛林	即將出版		
新的世界沒有神	朱學恒作品集	朱學恒	9789866473302	304	260
宅男子漢的戰鬥	朱學恒作品集	朱學恒	9789866473982	272	260
吳布雷茲．十年	畫話本	Blaze Wu	9789866473289		480
柯普雷的翅膀	畫話本	AKRU	9789866815935		240
魔廚	畫話本	爆野家	9789866473609		200
北城白畫帖	畫話本	AKRU	9789866157028		240
聽說	小說電影館	簡士耕	9789866473371	208	199
愛你一萬年	小說電影館	簡士耕	9789866473944	256	250
初戀風暴	小說電影館	簡士耕	9789866157103	256	199
再見，東京 1～4（第一部完）	明毓屏作品集	明毓屏			各250
古本山海經圖說　上卷、下卷		馬昌儀			各550

＊實際定價以各書版權頁為準

蓋亞文化圖書目錄

書名	系列	作者	ISBN	頁數	定價
恐懼炸彈（新版）	都市恐怖病	九把刀	9789867450340	320	260
大哥大	都市恐怖病	九把刀	9789866815690	256	250
冰箱	都市恐怖病	九把刀	9789867929761	240	180
異夢	都市恐怖病	九把刀	9789867929983	304	240
功夫	都市恐怖病	九把刀	9789867450036	392	280
狼嚎	都市恐怖病	九把刀	9789867450142	344	270
依然九把刀（紀念版）	非小說・九把刀	九把刀	4710891430485		345
人生就是不停的戰鬥	非小說・九把刀	九把刀	9789866473029	384	280
不是盡力，是一定要做到	非小說・九把刀	九把刀	9789866473036	384	280
1%	非小說・九把刀	九把刀			400
人生最厲害就是這個BUT！	非小說・九把刀	九把刀	9789866157035	384	299
綠色的馬	九把刀・小說	九把刀	9789866815300	272	280
後青春期的詩	九把刀・小說	九把刀	9789866815799	272	250
上課不要看小說	九把刀・小說	九把刀	9789866473654	272	280
樓下的房客	住在黑暗	九把刀	9789867450159	304	240
獵命師傳奇 卷一～卷十二	悅讀館	九把刀			各180
獵命師傳奇 卷十三～卷十七	悅讀館	九把刀			各199
臥底	悅讀館	九把刀	9789867450432	424	280
哈棒傳奇	悅讀館	九把刀	9789867929884	296	250
魔力棒球（修訂版）	悅讀館	九把刀	9789867450517	224	180
都市妖1～14	悅讀館	可蕊	9789867450197	240	2748
青丘之國（都市妖外傳）	悅讀館	可蕊	9789867450470	320	220
都市妖奇談 全三卷	悅讀館	可蕊	9789866815058		各250
捉鬼實習生 1 ～7（完）	悅讀館	可蕊			1207
捉鬼番外篇：重逢	悅讀館	可蕊	9789866815652	320	250
魔法師的幸福時光 1 舞蹈者	悅讀館	可蕊	9789866815768	240	199
魔法師的幸福時光 2 鏡子迷宮	悅讀館	可蕊	9789866815898	256	220
魔法師的幸福時光 3 空痕	悅讀館	可蕊	9789869473135	256	220
魔法師的幸福時光 4 古卷	悅讀館	可蕊	9789866473388	256	220
魔法師的幸福時光 5 綠色森林	悅讀館	可蕊	9789866473661	256	220
魔法師的幸福時光 6 葉脈	悅讀館	可蕊	9789866157080	224	199
魔法師的幸福時光 番外篇	悅讀館	可蕊	9789866473913	208	180
百兵　卷一～卷三	悅讀館	星子	9789867450456	192	各180
百兵　卷四～卷八（完）	悅讀館	星子	9789867450531	272	各199
七個邪惡預兆	悅讀館	星子	9789867450913	272	200
不幫忙就搗蛋	悅讀館	星子	9789867450258	308	220
陰間	悅讀館	星子	9789866815027	288	220
黑廟　陰間2	悅讀館	星子	9789866815577	256	220
鬼門　陰間3	悅讀館	星子	即將出版		
無名指　日落後1	悅讀館	星子	9789866815362	336	250
囚魂傘　日落後2	悅讀館	星子	9789866815446	288	240
蟲人　日落後3	悅讀館	星子	9789866815713	280	240
魔法時刻　日落後4	悅讀館	星子	9789866473173	304	240
怪物　日落後5	悅讀館	星子	9789866473500	288	240
餓死鬼　日落後6	悅讀館	星子	9789866473616	256	220
萬魔繪　日落後7	悅讀館	星子	9789866473814	288	240
太歲（修訂版）　卷一～卷六	悅讀館	星子			各280
太歲（修訂版）　卷七（完）	悅讀館	星子	9789866815881	392	299
魘	悅讀館	星子	9789866473968	272	240

*實際定價以各書版權頁爲準

國家圖書館出版品預行編目資料

獵命師傳奇.Fatehunter／九把刀(Giddens) 著.
——初版.——台北市：蓋亞文化，2010.12-
冊； 公分. ——(悅讀館；RE087)
ISBN 978-986-6157-12-7 (卷17；平裝)

857.7 98010662

悅讀館 RE087

獵命師傳奇系列【卷十七】

作者／九把刀（Giddens）
插畫／Blaze Wu
封面設計／克里斯
出版／蓋亞文化有限公司
地址◎台北市103赤峰街41巷7號1樓
電話◎（02）25585438 傳眞◎（02）25585439
網址◎www.gaeabooks.com.tw
服務信箱◎gaea@gaeabooks.com.tw
投稿信箱◎editor@gaeabooks.com.tw
郵撥帳號◎19769541 戶名：蓋亞文化有限公司
法律顧問／義正國際法律事務所
總經銷／聯合發行股份有限公司
地址◎台北縣新店市寶橋路二三五巷六弄六號二樓
電話◎（02）29178022 傳眞◎（02）29156275
港澳地區／一代匯集
電話◎（852）27838102 傳眞◎（852）23960050
地址◎九龍旺角塘尾道64號龍駒企業大廈10樓B&D室
初版三刷／2014年7月
定價／新台幣 199 元
Printed in Taiwan

ISBN／978-986-6157-12-7
著作權所有 · 翻印必究
■本書如有裝訂錯誤或破損缺頁請寄回更換■

RE087
GAEA

獵命師傳奇

天命在我・自創一格
——創意命格有獎徵文活動

替獵命師們構想奇命！為自己開創中獎命數！

由於反應熱烈，命格徵文活動將改爲每冊固定舉行。我們會在每次《獵命師傳奇》出版前，固定由作者九把刀遴選投稿，讓你設計的命格在下一集《獵命師傳奇》的世界中登場。

獲選者可獲贈《獵命師傳奇》周邊商品，及九把刀最新作品一本。

■注意事項

⊙命格投稿請比照書中一貫的描述格式，並填寫本回函所附表格。
⊙請參加讀友留下正確姓名地址，以便發表時註明構想者與贈獎。
⊙本活動遴選之命格使用權利歸蓋亞文化有限公司所有。
⊙活動及抽獎結果，將於每集《獵命師傳奇》出版時公佈於蓋亞讀樂網。
⊙本抽獎回函影印無效。

姓名：____________生日　　年　　月　　日 **性別：**□男□女

聯絡電話或手機：____________

E-mail：____________

地址：□□□

____

命格名稱：____________

命格：____________

存活：____________

徵兆：____________

特質：____________

進化：____________

關於命格投稿，九把刀會針對投稿者的想法創作更完整的設定修改，以符合故事須要，或九把刀個人愛胡說八道的壞習慣。戰鬥吧！燃燒你的創意！

廣告回信 郵資免付
台北郵局登記證
台北廣字第675號

GAEA 蓋亞文化有限公司　收

103 台北市赤峰街41巷7號1樓

Gaea

GAEA